講談社文庫

今度生まれたら

内館牧子

講談社

今度生まれたら

第一章

無防備に眠りこけている夫の寝顔を見た時、私はつぶやいていた。

「今度生まれたら、この人とは結婚しない」

私、佐川夏江（さがわなつえ）と夫の和幸（かずゆき）は、決して仲が悪いわけではない。若い頃の「愛情」は年齢と共に「情愛」に変わり、お互いに大切な人だ。結婚して四十八年、何の問題もなかったとは言わないが、想い合ってここまで来た。今も二人でスーパーマーケットにも、外食にも旅行にも行く。

人生の最後まで一緒にいるのは当然だし、そんな伴侶がいることを幸せに思う。

寝室は五十代の頃から別で、それはお互いに一人の方がゆっくり眠れるからという理由だけだ。

今、夫の寝室に入ったのは、深夜に少し寒くなり、押入れの毛布を取りに来たのである。

深夜の寝室の空気は冷たい。だが、夫は若い頃から暑がりで、今も薄掛け一枚の下から両脚を出している。

私は毛布を椅子に置き、夫の脚に薄掛けを掛け直した。

アカの他人がとてつもない縁で結ばれ、子までなした。だが、今度生まれたら、別の人生を歩きたい。

あの日の衝撃は大きかった。七十歳の誕生日から二週間ほどたった時のことだ。

今年、二〇一七年の先月、私は七十歳になった。だからと言って、特別の感慨もなかったし、ショックもなかった。六十九の次は七十だ。当たり前だろう。五十二から五十三になっても、別にどうということはない。それと同じだ。二十九から三十になった時の方が、よほどショックだった。

そんなある日、私のコメントが新聞に載った。うちのすぐ近くに、保育園が建つ計画があり、記者から近隣住民としての感想を聞かれたのだ。純朴な仔豚のような記者だった。

自宅は杉並区田村町にある。閑静な住宅地で立派なお屋敷も並んでいるが、うちは小さな建て売り一戸建てだ。買って三十八年がたち、かなり古くなっている。

田村町住民への説明会はすでに何度もあったが、子供の声は騒音だとする意見は根強い。また、送迎の若いママたちが、夏には裸同然の服や短いパンツで歩くだろう。それも町の品位を落とすと嫌われていた。

私は本音では建設に賛成だ。高齢化が進む今、幼児の声が響くのは悪くない。裸同然のママと言葉をかわすことも出てくるだろう。思わぬいい一面を知ったり、助け合うこともあるかもしれない。このままでは、静まり返った死の町になるのが目に見えている。

だが、私は仔豚に「反対です」と言い切った。

「田村町は古くからの住民が、静かさや環境を何より大切にしてきて、言うなれば『大人の町』です。個人的には、多種多様な人たちが共に生きる町こそ活気があると思ってますけど、ここの雰囲気はかつてからの住人が生み育てたもので、誇りもあります。ですから、突然、保育園と言われても、簡単には賛成できませんよね。それに、ご病気の方や受験生にとっては、どんな音でも苦痛でしょう」

後期高齢者が目立つ町に、受験生などいるわけがない。確かに、病人はそこかしこにいるだろう。

私は昔から、忖度(そんたく)して本音を言わない。

このコメントは、ご近所に忖度したのだ。正面切って「賛成です」なんぞと言えば、住みにくくなる。古くて小さいながらも持ち家だ。終(つい)の棲家(すみか)だ。ご近所と不仲になるのは困る。

どんな場合でも、私は万人受けする意見を言っておく。本音は明かさず、断言はしないことで世間を渡って来た。

よくテレビなどで、「今の政権を支持しますか」とか「十八歳成人を支持しますか」とかの調査結果を発表している。その選択肢は「支持する」「支持しない」「どちらとも言えない」が一般的だ。

ムカッ腹が立つのは「どちらとも言えない」と回答する人が、かなり多いことである。何が「どちらとも言えない」だ。支持するかしないか、どっちかだろう。

だが、私はそうやって生きて来た。一九四七年、昭和二十二年生まれであり、団塊世代の中でも最も出生率が高い。小中学校は一クラス六十人以上で、八から九クラスあった。

しっかりと自分の意見を持つ女は嫌われる。そんな時代に生まれ育った。「どちらとも言えない」とするタイプが、周囲に可愛がられたのだ。

実のところ、私は「元気をもらう」とか「夢をありがとう」とかの言葉が大っ嫌いだ。よくみんな平気で使うものだ。だが、こういう万人受けするつまらない常套句を使っておくことが、一番のオリコウというもの。

私の若い頃には「元気をもらう」という言葉はなかったが、小綺麗な常套句はいくらでもあった。私は腹の中で「ゲッ！」と思いながらも使いまくり、周囲とうまくやってきた。

子育てに悩む女性の先輩には、

「母の愛は海より深いって言いますから、きっとお子さんに通じてますよ」

と言った。女に振られてばかりの男性同僚には、

「絶対に大丈夫。一生懸命に生きている人のことは、必ず誰かが見てるから」

と力づけた。本音では「誰も見てやしねーよ。女にもてたかったら、髪形と出ッ腹をどうにかしろ」である。

他にも「命は地球より重い」とか、「人は一人では生きられない」とか「お金では買えないものがある」とか、美しすぎて突っ込めない言葉をジャンジャン使いまくってきた。七十になった今も「つながる」とか「ぬくもり」とか「安らぎ」とか「さわやか」とかジャンジャンだ。

いや、これらの常套句はまさにその通りなのだが、口に出すと、突然、その人間がつまらなく見える。

だが、私が二十代の頃は、本当に「女はつまらない方がもてる」という時代

だったのだ。「女の幸せ」を勝ちとるには、つっまんねー女でいることだった。

仔豚にコメントを求められた翌日、「夏江の名前が新聞に出てるわよ！」

と、多くの友人知人から連絡があった。すぐに夕刊を取ってくると、それはわずか二行だった。

「住民の佐川夏江さん（70）は『町の雰囲気が変わるのは困ります』と反対意見だった。」

十五分近く忖度させて、これだけか？ まったく、あの仔豚、一般主婦だと思って舐めたな。

が、私がその記事で何よりショックだったのは、

「佐川夏江さん（70）は」

という一行だった。

そうか、私は（70）か。（70）、（70）、（70）……。

確かに仔豚は帰り際に、名前と年齢を聞いた。だが、こうして印刷されると、ショックは大きい。

新聞は残酷だ。七十になったばかりでも、（70）と書く。誕生日より一日で

も前なら（69）と書いたのだ。（70）と（69）ではまるで印象が違う。

この時、初めて私は（70）という数字は老人の表情をしていると思った。六十五歳からが前期高齢者だが、7という数字の重み、印象は「老人」だ。

その日、夫は友達と会っており、私は一人で簡単な夕食をすませた。そして、また夕刊を開いた。何度見ても、（70）はショックだった。

今までも友人たちと「人生、先が見えたよねえ」などと言ってはいた。だが、そう言いながらも、本音ではそこまでは思っていなかった。六十九だったからだろうか。

今、私は七十代に入ったのだ。よく、したり顔に「年齢なんて関係ない。男も女も何かをやろうと思った時が一番若い」などとほざく人がいる。私も忖度して同意しているが、腹の中では「なら、テコンドーやれるか、ボルダリングやれるか」とせせら笑っている。
（70）の文字はもう見たくないと、他の面を開いた。すると、紙面の半面もの大きさで、高梨公子（たかなしきみこ）のインタビュー記事が出ていた。
彼女は有名な弁護士で、テレビの報道番組にも出ているし、わかりやすい二ュース解説が好評で「高梨公子のニュースおさえどころ」なる冠番組まで持っている。その上、大学の客員教授でもあり、家庭問題や教育問題の論客として知名度は抜群だった。

特に女たちが憧れるのは、そのスレンダーな体型とファッションセンスだ。どんなに忙しくても体の手入れを怠らないことや、服の着こなしのうまさは、一目で見て取れる。

確か、彼女は私と同い年のはずだ。

ところが、新聞のどこにも（70）とは書かれていなかった。プロフィール欄にも生年はない。

こういうトップクラスの文化人になると、年齢は書かれないのか。下々の私らにはしっかりと活字で書くくせに。平等に忖度しろッと、またムカッ腹が立つ。

大学名も書いていなかったが、高梨が東京都立大学法学部を出ていることを知る人は多いだろう。高梨本人が雑誌やテレビでも言っている。

「今は『首都大学東京』に校名が変わりましたが、私が受験した頃の都立大は、法学部ができたばかりだったんです。うちは経済的に国公立しかダメですし、できた年なら少しは受験も楽かって。そりゃあガリ勉しましたよ」
(70)とは書かれない七十は、紙面のインタビューで語っていた。
「法律の道に進もうと思ったのは、高校二年の時ですね。担任から『人は全員、可能性を持って生まれてくる。可能性を殺すな。殺したら、持たせてくれた親が哀れだろう』って。そうか、生まれてきた赤ん坊全員が、親から何かの可能性をもらっているんだ……と思いましたよね。本当にあの言葉は大きかった」

そうだったのか。

私と同い年でありながら、高梨はおそらく、男好みの女になることも、「女の幸せは結婚」とする風潮も、頭を過(よぎ)りさえしなかったに違いない。

当時、東大などの旧帝国大学をはじめとする難関国立大学を、「国立一期校」と呼んでいた。他を「国立二期校」として分けたのだから、何の忖度もない時代である。

国立一期校は言うに及ばず、二期校や公立大学をめざす女たちをも、男は敬遠しがちだった。時代は、できる女を好まなかった。

女は邪魔にならない短大が、結婚には有利だった。男より上位に立ったなら、オールドミスの道まっしぐらだ。

せっかく、薄掛けを掛け直してやったというのに、夫は早くも両脚をさらしている。

今、その寝顔は七十二歳のものだ。だが、私が出会った時は、きらめくような二十四歳だった。人生とは何と速く、何と切ないものだろう。

あの頃、婚期を逸した女性は「オールドミス」と呼ばれていた。そのイメージは、痩せぎすで、髪を引っつめてメガネ。ノーメイクで黒っぽい地味な服を着ている。実際にはおデブで赤い服を着るオールドミスもいたのだが、一般には干し魚のような、「男が寄って来ない」というイメージを与えられていた。当時は本人の前でも「オールドミス」と平気で言った。その現場を、私は何回も見ている。

高梨はインタビューでもそこを問われ、答えていた。

「そんな時代でしたよね。でも、私は親が持たせてくれた可能性を殺したくない。その一念でした。というのも、うちの両親は学歴もお金もなく、子供には食べさせるだけで一杯一杯。教育なんて考えられないんです。でも、そんな親でも、可能性を与えて生んでくれた。そう思うと絶対に殺せませんでした。実際、自分で自分の道を切り拓く面白さは、破格でしたよ」

「でも、何よりもあの時代に、娘のそんな生き方を応援してくれたのは、やっぱり親御さんの教育ですよね」

「いえいえ、親は大学に行くより、銀行に勤めさせたかったんですよ。家計を助けてほしかったでしょうし。それに、私は勉強ができなくて、都立高校ですが、第一学区の底辺校にいましたから、親だって公立大に受かるなんて考えていませんよ。浪人はできませんし」

これを読んだ時、声をあげていた。私と同じ第一学区だったのか。第一学区で最も偏差値が低かったのは、都立山本(やまもと)高校だ。それもとうの昔になくなっている。高梨は、あの最低の山高(やまこう)か。

私が出た潮田(うしおだ)高校は、旧制中学の流れを汲(く)み、全国の名門高校の中でも、図抜けて難関校だった。当時は私立より都立の方が幅をきかせており、潮高(しおこう)は秀才中学生の憧れだった。

　あの最低の山高から都立大に現役で入るのは、奇蹟だ。ありえない。どれほど勉強したのだろう。どんな根性で自分の人生を切り拓いて来たのだろう。私と同じ七十歳が……。

「そんな高梨さんから、若い人に伝えたい思いって何でしょう」

「時代の風潮に合わせすぎるな、ということですね。その時代の価値観と言ってもいいですが、それはすぐに変わるんです。私は昭和二十二年生まれですから、女性は外で働くより家を守れでした。舅や姑に仕え、夫を守り立て、一人で子育てするという時代でした。でも、私はどうしても弁護士になって、人間の守るべきものを守りたいという思いがありました」

「今や、女性が社会で大きな役割を果たしつつありますからね」

「もっともっと社会を変えないとね。確かに、なかなか変わらない時代もありましたが、今は違って来ました。私が十八歳で大学に入った頃と今では、別世界ですよ。ですから、若い人には自分が何をやりたいのか、どう生きたいのかを、現在の風潮に合わせすぎずに進めと伝えたいですね」

すぐに検索すると、やはり彼女は山高だった。私の出た潮高の生徒にしてみれば、山高生など問題外だ。

そこから、公立大に入り、弁護士をめざし、それを実現させた。同じ年齢で、私と何という違いだろう。

この記事を読んだ時、自分の七十年間に、取り返しがつかない思いを持った。自分が行くべき道に、自分でガッチリとふたをして来たのではないか。いや、して来た。

今は亡き両親は、私に何かの可能性を持たせて、この世に出した。なのに私はそれを試そうともせず、殺した。高梨よりよほどいい家庭環境だったのに、親の言うことは聞かず、ひたすら世の風潮に合わせた。風潮が作る「女の幸せ」を得ずしては、生きていくのは難しい。ハッキリとそう思っていた。

そして今、(70)という年齢以外、私は何も持っていないバアサンだ。七十年を歩き続けて、結果、死のうが生きようが社会には何の影響もないバアサンになった。

「平凡な幸せ」という言葉に操(あやつ)られて来たが、それは「可もなく不可もない幸せ」ということだ。高梨の言う「破格の面白さ」とは違い、「平穏に息をしている幸せ」ということだ。それは間違いなく幸せのひとつだが、私は別の生き方もできたのではないか。

さりとて、七十ではもう先が見えている。「年齢は関係ないわ」とほざこうが、残された時間は少ない。体も頭も衰え気味で、今さら人生を変えるようなことはできっこない。

諦めを感じた時、ふとつぶやいていた。

「今度生まれたら」

そして唐突に、これまでに何回かあったターニングポイントが甦った。

人には誰しもターニングポイントがある。多くの場合、その道は二本だ。二本のうち、もしも、選ばなかった方の道を歩いていたらどうだっただろう。人生はまったく別のものだったはずだ。

私は夫の寒い寝室で、ベッドの縁に座り、高梨の記事を思い出していた。

夫は私より二つ上の七十二歳とはいえ、陽に焼けた顔も手脚も若々しい。

ただ、会社を辞めてからケチになった。何かというと、

「最後に頼りになるのはカネだよ」

「夫婦どちらかが残されたら、カネが何より大切だ」

と言う。

そして、つましい倹約をする。

誰かに立て替えたお金は、五十円の釣り銭でも取る。また、どこに行くにも、千円以上のお土産は持たない。私が「みっともないから」と言っても、

「向こうももらうなんて思ってないからさ」が決まり文句だ。食卓を見ると、

「こんな高いもの買うな。こんなもの、食べなくていいよ」

とくる。そのくせ、ワシワシ食べる。どんな混雑期でも、列車は常に自由席。「同じ時間に着くんだから」とグリーン車はもとより、指定席にも乗らない。

「私たち、今が老後よ。老後用にお金もためて来たんだし、それを使ってゆっくり過ごそうよ。指定席に乗るとか、タクシー使うとか」

「もったいない」

「もったいながって疲れて、それが元で病気になることもあるわよ。そして医

者にかかったら、全然倹約にならないでしょ。それに、ケチは必ず顔に出るものよ」

いくら注意しても無駄である。

昔はこんな人ではなかった。会社を辞めて定収入がなくなって以来、確かに不安もあろう。だが、たとえばホームパーティに招かれて、千円のお土産では恥をかく。

一方、エリート意識だけは強い。これは会社にいた頃から変わらない。

実際、彼は一流大企業「平新電器」のエリート社員だった。私は新卒で同社に入るなり、結婚相手として彼、佐川和幸にピタリと照準を絞った。

彼は人事課、私は隣りの厚生課だった。人事課は精鋭ぞろいである。

その上、一八〇センチ近い長身で、紺色のスーツがよく似合った。仕事は誰もが認めるほどよくでき、上司にも部下にも人望があるのだから、彼を狙う女子社員は少なくなかった。

だが、退職してからは単なるケチジジイだ。むろん、忖度まみれで生きている私は絶対に口には出さない。

思えば、退職してからは彼に一目置く人がいなくなった。そのためか、私が持ち上げてやらないと不機嫌になる。ケチジジイを、どう持ち上げよと言うのか。だが、私は持ち上げる。それですむなら平和なものだ。妻の役目と割り切っている。

ただ、持ち上げられることに慣れたジジイ、いや夫は私を小バカにした態度に出る。私が何を言っても、まず否定から入るのだ。

「そりゃ違うよ」

「そうは言うけどね」

「わかってないよなァ」

などを最初につける。

私はそのたびに、役目を果たす。

「そうか！　あなた、さすがね」

と持ち上げておく。

否定から入るのは、幼稚な俺さま根性なのだ。いくらでもやってくれである。

　彼は私にたくさんの幸せをくれたし、女にもギャンブルにも走らない人だった。もとより、酒は一滴も飲めない。退職するまではケチでもなく、否定から も入らず、みごとにできる男、いい夫、いい父親だったのだ。

　独身のうちからそれがうかがえる和幸を、私はどれほど懸命に落とそうとしたことか。絶対に他の女に取られたくなかった。

　いい男をつかまえるには、彼が好むタイプの女だとアピールすることだ。それが今後の人生を決定づける。

　当時の男たちは「女は少しバカで、涙もろくて、料理がうまい」が好きだった。いや、男たちがそう言っていたのではない。女たちが「男ってそうなのよ」と自ら決めていた。

　むろん、そうでない男もいただろうし、そう決めつけない女もいただろう。高梨はそうだったと思う。

　だが、今から半世紀も昔は、とり立てて取り柄も特技もなく、美貌とも無縁な一般女性はどう生きるべきか。男の好みに合わせる。それが、「女の幸せ」へのパスポートだったのだ。自分自身が何もできない以上、男から幸せをもらおうと考えて何が悪い。

ところが、エリート男子社員ほど、社内結婚を嫌った。上司からの見合い話を歓迎し、次々に婚約していく。あるいは学生時代からの恋人とだ。

さんざん思わせぶりにしておいて、捨てられた女子社員を幾人見ただろう。突然「婚約した」と言われるのだ。そんな女子社員の多くは静かに退職していった。

あの時代、女はほぼ全員が結婚退職であり、捨てられて辞めて行くのは、どれほどみじめだったかと思う。

エリートたちが社内結婚を嫌うのは、「社品持ち出し」と揶揄されることも一因だったはずだ。社内の女子社員を結婚退職させるということは、「会社の備品を持ち出した」ということ。あの時代、女は「備品」だったのである。

また、社内結婚をすると、妻の話が出るたびに、

「ああ、経理にいたミッチャンね」

「総務で補助業務やってたタカコだろ」

などと、みんなに知れている。エリートたちのプライドは、それを許さなか

った と思う。

そんな中で、私が屈指のエリートと社内結婚できたのは、ひたすら男が好む女になることを厭（いと）わなかったからだ。裏の顔と表を違（たが）えることは、早くも高校生時代から身につけていた。

和幸を狙う他の女子社員たちが、陰で言っていたことも知っている。

「夏江は何だってやるんだから。私にはできない」

「計算高いからねえ。あの人」

「うん、連れ込み宿にも行ってるってよ」

彼女たちはバカである。誰が今で言うラブホテルなんかに行くか。結果、捨てられて会社を辞めてどうする。私の裏と表はもっと高度なテクニックだ。

あの頃、世間では大切な「嫁入り道具」が公然と言われていた。「純潔（ヴァージン）」である。「貞操」である。とっくに死語だ。

私はそれを守り通し、和幸がチラッとそんな誘いをすると、涙ぐんで拒んだ。これは「表」だ。男は涙が好きだから、泣きまねしておく。

「裏」の本音では、和幸が本当に結婚してくれるなら、何十回連れ込まれても望むところだった。

だが、純潔は結婚への大きな武器である。武器には、ここぞという時に力を発揮してもらわないと困る。どこまで本気かわからない男に、簡単に武器は使わない。ダメな場合、次の男に回す。

それに、純潔を固く守り抜き、貞操を守る女だと示す方が得策だと考えた。

だから、和幸が何回誘おうと、

「きれいな体で、好きな人のところに行きたいから」

と殺し文句をつぶやき、泣きまねという小技を存分に使った。

和幸にしてみれば、こんなに身持ちが堅く、モラルを守る女かと、胸に響いたはずだ。と同時に、「俺以外に好きな人がいるのか」と疑心暗鬼にもさせられよう。私にはその狙いもあった。

今の女たちは、表と裏を使い分けて、男に取り入ろうとするタイプを軽蔑するだろう。そういう女はSNSで拡散されるかもしれない。だが、間違っている。

何とか幸せになりたくて、何とか欲しいものを手にしたくて、ただただ懸命になる。それは今の時代も同じだ。「幸せ」や「手にしたい」ものが、結婚相手だけではなく、仕事や夢の実現などに広がったのだ。それを手にするために、危ないこともいとわない女たちは、今もいる。

ただ、今の女たちは幸せになるために、そして欲しい物を手にするために、自分が動く。自分で切り拓き、自分の手でつかみ取ろうとする。

親が泣いて反対しようが、理詰めで説き伏せようが、「私の人生だから」で突っぱねる。

私たちの時代には、「私の人生」という考え方も、「自分で切り拓く」という発想もなかった。少なくとも私は聞いたことがない。

幸せは男からもらうものだった。

そのために必死になったということは、自分で切り拓く手段の一種だ。

眠りこけている夫を見ながら、ふと考える。

もはや、夫も私も人生をやり直せない年齢になってしまった。夫はこれまでの人生を、どう考えているのだろう。きらめくような二十代に、私にからめ取られなければ、また別の人生があっただろう。

確かに、適齢期の私は計算高かった。平新電器はサークル活動が盛んで、ゴルフ部、テニス部、写真部等々、そこで知り合うケースが多いと言われていた。私と新入同期の女子も、ほとんどが若い男たちのいるテニス部やヨット部に入った。野球部のマネージャーを志願した人もいる。

みんな考えが浅い。結婚狙いで入部したことはすぐバレる。エリートほどそういう物欲し気な女を見極める。

私は園芸部に入った。部員は定年間近のジイサンばかりで、小野敏男(おのとしお)という十九歳の男がいただけだ。こういう部で、花好き、育て上手をアピールする方がずっと得策だということに、浅薄な女たちは気づかない。

自社ビルの屋上にはベンチが置かれ、一部が庭園になっていた。園芸部はその庭園の管理を任されていた。かつてはバラや四季の花であふれていたらしいが、今は「腰が痛い」「膝(ひざ)が痛い」のジイサン集団。小野一人が気を吐いていた。

私が入り、園芸への知識が豊かということで、小野は大喜びした。彼はこまめによく動き、育てるのもうまかった。実際、私とのコンビで庭園は大きく変わりつつあった。

私は愛らしい作業衣を買い、毎昼休みは花の世話をした。ベンチでお昼を食べたり、タバコを吸ったりする男たちの目にとまる計算だ。「あの子いいね」という噂が、必ず和幸の耳にも入る。そして、余分な花は摘んでオフィスに飾る。これは直接、和幸に細やかさをアピールできるという計算だった。

小野が私に好意を持っていることは勘づいていたが、彼は問題外だ。北海道の商業高校卒で入社しており、出世の目はゼロである。学歴偏重、大学名偏重の時代にあっては、もうどうしようもないことだった。

小野には何度か食事に誘われたが、すべて「先約があって」と笑顔で断っていた。そのたびにサッと引く小野に申し訳なく、いつまでも先約で断るわけにもいかないな……と思ってはいた。しかし、先のない男に人生は預けられないし、期待を持たせられない。

当時、和幸のいる人事課は労働災害の裁判を抱えており、彼もその仕事に関わっていた。女子社員はしょっちゅう、ぶ厚い書類を弁護士に届ける「おつかい」に出される。今はパソコンやスマホを使い、たくさんの人に、即座に送れる。書類を届ける「おつかい」など考えられまい。
その日の人事課は、膨大なコピーをしてくれる女子社員が全員出払ってい
た。人事課長は隣りの厚生課に助っ人を出してくれるよう、頼みに来た。
だが、あの頃のコピー機は、一枚とるのにも時間がかかった。多量の資料を
何人分もコピーするには立ちっ放しになる。どう頑張っても、定時間内には終
わらないだろう。誰もやりたい仕事ではない。
「課長、私がやりましょうか」
と手を挙げた後で、「一番新人ですから」とつけ加えたのは、他の女子社員
への忖度だ。私の心の中には、「これで和幸と少しは接近できるかも」という
思いが当然あった。
その日、午後三時くらいから、ただただコピーを取り続けた。途中で和幸
が、
「ごめんね。こんな仕事押しつけて」
と言いに来た。私はとびっ切りの笑顔で、
「気にしないで下さい。今、私は少し時間がある時期ですから、お役に立てて

嬉しいです」

と言ったが、時期も何もいつだって時間はある。女子社員は「女の子」と呼ばれ、責任もないし、期待もされていないのだ。

結局、三時間の残業をし、五時間もコピーを取っていたことになる。人事課長からも和幸や他の課員からもお礼を言われたが、別にそれ以上のことはなかった。

翌日の昼休み、園芸部の部室に行くと、小野が小さな包みを持って寄って来た。

「従兄の結婚式があって、札幌に行ってたんです。これ、お土産」

差し出されたのは、ホワイトチョコレートだった。女性に大人気のものだ。

「あらァ、嬉しい。そうか、小野さんは北海道出身だったわね」

「ええ。それと……」

小野はカラー刷りの、店案内らしきものを見せた。

「高校の先輩が、横浜に店を出したんです。小さいんですけど、大さん橋近くのビルの最上階で、夜景がすごくきれいらしいんです」

店案内には、横浜港や氷川丸(ひかわまる)や山下(やました)公園などの、ロマンチックな写真が並んでいた。

「すてきなお店ね」

「先輩、すごく力入ってるんですよ。で、あさってまでが開店特別メニューで、飲み物もかなり珍しいものを出すそうなんで……あの、よかったら行きませんか」

「えーッ?! あさってまでに?」

「急すぎて無理ですよね。また別の日に誘います」

頭が猛スピードで回転した。一回だけ誘いを受けておくにはいい機会だ。横浜なら会社の人と会うこともないだろう。小野と二人でいるところを誰かに見られたくない。

彼の所属は原価課で、ここもエリート集団だ。小野はまじめで責任感が強く、できるという評判も聞いた。とはいえ、十九歳にして先は見えているのだ。

だが、ここで一度食事をしておけば、後は断りやすくなる。そう思った。

「いいわよ、明日」

思わぬ答に小野の声が上ずった。

「え……大丈夫なんですか？　急なのに大丈夫なんですかッ」

今年入社した私だが、高卒の小野より年長ということもあってか、彼はいつでも丁寧（ていねい）な言葉を崩さない。

「一緒に会社を出ると目立つから別々に行って、お店で会いましょう」

後で考えると、この言葉が小野をますます喜ばせていたようだ。確かに、誰にも知られずにこっそり行こうと言われるのは、ときめく。それもロマンチックなヨコハマだ。

私はこれが小野ではなく、和幸だったらどんなに嬉しいかと、小さくため息をついた。

翌日、いつも通りのつまらない仕事をし、いつも通りに来客にお茶を出し、灰皿を洗って取りかえ、四時になった。私が一人でキャビネットに書類を戻していると、和幸が寄って来た。

「おといはコピーありがとう。全部そろえて弁護士事務所に渡したから、僕、今日は時間があるんだ。お礼に食事に誘いたいと思って」

「え?! そんな。仕事ですから」

「今日の今日だけど、都合悪い?」

私はじっと和幸の目を見て、笑って首を振った。

「全然。そんなお気遣い(きづか)させて申し訳ないと思いながらも、嬉しいです」

和幸は手にしていたノートから、店の名刺を出した。

「九段(くだん)の靖国(やすくに)神社近くにあって、僕の行きつけなんだ。じゃ十九時に」

和幸は小声で言い、目配せするようにして立ち去った。

どうしよう。こんなことが現実に起こるなんて考えもしなかった。コピーをやってよかった。ああ、どうしよう。

何よりの問題は、着て行く服だった。小野との横浜なんかは、うまく断ればいい。だが、和幸と初めてのデートだというのに、今日はとり立ててステキでもないブラウスを着ていた。小野となら、特に気合いを入れる必要もないと思ったからだ。

私はすぐに、先輩女子社員に耳打ちした。

「すみません、急用で三十分だけ抜けます」

先輩は指でマルを作った。女子社員の多くは、私用で適当に抜けており、夕食の買い物をしてサッとロッカーに入れる新婚女子もいた。

うちの会社は東京駅のすぐ近くにあり、その堂々たる自社ビルの地下にはたくさんの店舗が入っていた。ケーキ店、洋品店、理髪店もあれば、クリニックも郵便局もあった。

五分後、私は若い女性に人気の洋品店にかけ込んでいた。

ゆっくり選んではいられない。運よく、すぐに濃紺のサマーセーターを見つけた。半袖の両肩に色とりどりのビーズが飾ってある。花を象ったビーズが浮くように立体的で、これなら華やかで可愛い。それに濃紺は清楚で色白に見せる。嬉しいことに、セール中で安かった。

こうしてオフィスに戻るなり、小野に電話を入れた。

「今井です」

と名乗っただけで、小野は嬉し気な声をあげた。

「先輩に予約入れたら、一番眺めのいい席をおさえておくそうです。特別メニユーよりもっといいのにしてやるよって、彼も張り切ってました」

ここまで話が進んでいると、断るのはつらい。それにもう十七時だ。だが、こっちも将来がかかっている。

「小野さん、ごめんね。急に母の体調が悪くなって、どうしても早く帰らないといけなくなっちゃって」

小野が「えッ?!」と息を飲んだような気がした。だが、ごく自然に、それも心配気に言ってくれた。

「そりゃ、メシ食ってるどころじゃありませんよ。予約はキャンセルできますし、また行きましょう。その時は僕がおごってもらいます」

私は、

「もちろんよ。ありがとう。ごめんね」

と重ねながらも、さすがに心が痛んだ。彼は電話を切った後で、どれほどショックを受けているだろう。

あんなにいい人を裏切り、服まで買いに走った自分が、この時ばかりはイヤだった。だが、誰だって幸せになりたくて生きている。まして、チャンスというものはそうない。

十九時に九段の和食店「さくら」に行くと、もう和幸は来ていた。馴染み（なじ）の店主とカウンターで談笑している。私が入って行くと、

「オオ、ドンピシャリ七時」

と片手を上げた。そして、私を店主に紹介した。

「同じ会社の今井さん」

確かにそれ以上でも以下でもない。なのに、店主は驚いたようだった。

「佐川さんが会社の人を連れて来たのは、初めてですよ。窓側のテーブル席、いいとこ用意しといてよかったよ」

と言うと、和幸が返した。

「サンキュー。女は恐いからね」

「女は恐いから」という常套句を堂々と使う。あの時、私は和幸のつまらなさのカケラに気づくべきだったのだ。だが、そんなことを考えるには若すぎ、

「会社の人は初めてです」という言葉ばかりにときめいていた。

この隠れ家のようなひっそりした店に、なぜ私を連れて来たのだろう。期待

していいのだろうか。

きれいな料理が出てくるたびに、

「ワァ！　きれい」

「すごい！　おいしーい」

と、いつもよりオクターブ高い声をあげた。ぶりっ子満開である。和幸が一滴も飲めないと知って驚いたが、

「私も少ししか飲めないんですぅ」

と言って和幸と同じりんごジュースにした。一升だっていける私が、よく言うものだ。

「今井さん、いざ入社してみて、予想とは違うこと、あった？」

「はい。ありました」

和幸は少し恐そうに、少し興味あり気に聞いて来た。

「どんなとこ？」

「はい。男の人って大変だなって」

私は築地(つきじ)でも一級品だろうと思われるマグロの刺身に、りんごジュースを合

わせる悲しみを抑え、感極まったように続けた。

「男の人ってこんなに大変なんだって、会社に入るまでわかりませんでした。外でこれほど身を粉にして、気を遣って、怒鳴られて、それでも前に進む姿が……」

「いとおしい」という言葉をつなげたかったが、あまりにクサい。

「身にしみました。ですから、結婚したらしっかりと夫を支えなくちゃと思わされました。これは会社に入らないと、絶対にわからなかった」

和幸は静かにりんごジュースを傾けた。おそらく、心に響いている。裁判でクタクタになっている毎日だからだ。

私はすぐに話題を変えた。やりすぎると、男は必ず「自分をつかまえようとしている」と逃げる。

「この頃、真夏みたいに暑いですよね」

つまらない女は、必ずお天気の話をする。安全なので、私もそうしておいた。

「そうだね。本格的な夏が来ると、すぐ秋だしね」

この答え、「八月の次は九月だね」というようなものだ。いくら若い私でも、この時、和幸は結構つまらないぞと考えるべきだった。が、考えられるわけがない。やっと二人きりで食事をするチャンスに恵まれたのだ。りんごジュース片手の会話は、後で考えれば面白くもおかしくもなかった。だが、そんなことに思い至るわけもない。

その夜、和幸は家の前まで送ってくれた。女として守られている快感がかけめぐる。

夜道を歩きながら、和幸がもらした。

「確かに男はラクじゃないよな」

「ですよね……。だから、私、自分が恥ずかしいんです」

「何で？」

「私って……淋（さび）しがり屋で甘えん坊だから」

和幸が小さく笑った。

「ですから、グイグイ引っぱってくれる男の人が好きなんですけど……そんなこと言えなくなりました」

「ラクじゃないとわかったから？」

「はい」

「また素直な人だねえ」

　この当時、「グイグイ引っぱってくれる人」という言葉は女たちの本音だった。本当に引っ張ってほしかったし、それが男の大きな価値のようにも思えたのだ。

　一方で、「淋しがり屋で甘えん坊」は男心をくすぐると計算していた。会社のトイレで隠れタバコを吸う女も、年中飲んだくれている女も、「淋しがり屋で甘えん坊」と言っていたものだ。

「私ね、夢があるんです」

「へえ、何？」

　ちょっといたずらっぽく答えた。

「おばあちゃんになっても、大切なだんなさまと手をつないで公園をお散歩するの」

　口にするだけで薄気味悪いが、これを言う女は少なくなかった。この答えには女の計算がある。私自身が計算して言ったのだから、間違いない。

これほど「可愛い女」を示せる言葉は、そうないのだ。おばあちゃんになるのはまだ先のことだし、無責任に言える。男たちは「おばあちゃんになっても、ずっと可愛いのだろう」と勝手に解釈してくれる。そんなこと、ありえない。まったく、だましやすい。

和幸は家の前まで私を送り届け、帰って行った。そして、曲がり角で振り返ると、

「お休みーッ」

と手を上げた。

一八〇センチの長身の、その姿がベッドに入ってからも消えなかった。

今日のチャンスを生かさなければならない。何ができるか。そう考えるばかりで、手ひどく裏切った小野のことは、思い出すことさえなかった。

翌朝、さすがに出社するなり小野に電話をかけ、急なキャンセルを謝った。

小野は、

「また誘いますから、全然気にしないで下さい。それより、お母さんは大丈夫

ですか」

と言う。母親は、おでんの汁まで飲み干すほど元気一杯だ。

申し訳なかったが、どちらを選ぶかは、結婚適齢期には重大なのだ。許して欲しい。

この後、二度ほど小野から誘いがあったが、私はにこやかに断っていた。

やがて和幸と私がつきあっていると、噂になった。純潔は守り通していたが、キスまではあった。

その噂が小野の耳にも届いたらしい。以来、誘いは一切なくなった。だが、園芸部では以前と同じに明るく、わだかまりなく私と作業をし、周囲は誰一人として気づかなかっただろう。そのみごとな態度に救われ、見直してもいた。

やがて、和幸と私は婚約した。

私が結婚退職をして間もなく、小野も会社を辞めて北海道へ帰ったらしい。

「佐川和幸様　夏江様」と夫婦宛ての挨拶（あいさつ）状が新婚の社宅に届き、それを知った。そこには、

「一年中、花の美しい北海道です。こちらにいらっしゃることがあれば、お二

人でぜひお立ち寄り下さい」

と、万年筆で添えてあった。私は返信を出すこともなく、住所録を書きかえることもしなかった。しばらくは年賀状が届いた気もするが、私は出さず、いつの間にか来なくなった。

こうして、ついに落とした和幸であるだけに、私の中に「結婚して頂いた」という思いは、いつもあった。私の思いをすべて叶えてくれたありがたさも消えない。

恋敵たちの嫉妬の中、一流ホテルで華やかな結婚式を挙げてくれた。二人の男児の母親にもしてくれた。家も買い、苦しかったがローンは終わっている。

義母の介護はやったが、それまで何ひとつとして、私に迷惑をかけなかった姑だ。自宅で開いている料理教室が大人気のせいか、いつも元気で明るく、いびられたことも一度もない。実家の母が姑に苦しめられたことが信じられない。いい結婚をしたと思う。

介護は嬉しくはなかったが、そんな姑であっただけに、精一杯やろうとごく自然に思えた。

介護に関して、今ほどは公共の体制も整っていなかったが、その助力も得て、デイサービスも最大限、利用した。夫はほとんど私に任せっきりで、不満もないわけではなかった。しかし、介護は妻中心の時代であったし、姑は常に私に感謝を忘れなかった。そして二年足らずで逝ってくれたのだから、最後まで嫁孝行だった。

何よりも、二人の息子たちは優秀で、結婚、孫の誕生等々、和幸と結婚すればこそ得た幸せだった。

まさしくフルコースの人生で、私はとても満腹感を覚えている。

だが、満足感はない。(70)を認識させられた今、思う。

成人後の五十年間での「自己実現」は、和幸をモノにしたことと、息子二人を育て上げたことだけだ。あとは何も思いつかない。

「平凡な幸せ」だったし、今もそうだ。だが、その言葉でおさめて、老境に入っていいのだろうか。

選ばなかったもう一本の道は、本当によくなかったのか。

たとえ夫がいても、もっと「私」を生きるべきではなかったか。

つましいケチで、持ち上げられるのが好きな夫と人生を終えていいのか。もちろん、それは全うする。

だが、今度生まれたら、違う人生を歩く。自分の行くべき道に自分でフタをせずに生きる。

そう思う自分に、つい笑った。夫にしても、別の女と結婚すればよかったと思っているかもしれない。「今度生まれたら」と考えることがあっても不思議ではない。

いや、何よりも「今度生まれる」ということはないのだ。人生は一回きりだ。

夫の規則正しい、健康な寝息を聞きながら、ベッドの縁から立ち上がった。寒い室内で、体の芯まで冷え切っていた。

第二章

私が運転する軽自動車は、東村山市にある姉の家に向かっていた。

(70)に衝撃を受けてから一ヵ月がたったが、「私は何のために生まれてきたのだろう」という思いが消えない。つい「今度生まれたら」と考える。今の世では手遅れだからだ。(70)なのだから。

七十代に入ってわかるが、六十代は若い。というのも、振り返れば五十代が見える。八十代なら残りの人生が見える。夫婦互いに不満はあっても、「やっぱりこの人しかいない」と温かな気持にもなろう。一方、老人なのに老人になりきれないのが、七十代だ。

姉の島田信子は私と年子で、小さい頃から仲がいい。何をするにも一緒だったが、人生は違うし、考え方も違った。

姉は昭和二十一年生まれで、七十一歳。賃貸のマンションに住んでいる。六十平米ほどだが、夫婦二人なら十分だと言う。一人娘のミキは四十五歳で、その二十一歳の娘は大学三年生。別に暮らしている。

東村山市は、東京都とはいえ緑も多く、公共サービスにも力を入れているかで、姉はとても住みやすいと言う。

ならば賃貸をやめて、市内に買えばいいのにと思うのだが、口には出さない。お金があろうはずはないからだ。

私たち夫婦が庭つき一戸建てを買ったのは、一九七九年、昭和五十四年だ。夫が三十三歳、私は三十一歳だった。大きな買い物だったが、夫の決断に従ってよかった。今、東京二十三区に一戸建てを買えるわけがない。

姉は都立追川(おいかわ)商業高校の同級生、島田芳彦(よしひこ)と二十二歳で結婚している。

彼は高校時代、バリバリの体育会系で、野球部のスターだったらしい。「あんなカッコいい人が、私の方を向いてくれて」と、姉は今でも嬉しそうだ。全然カッコよくはなく、神社の狛犬に似ている。だが純愛は狛犬をシェパードに見せる。

それに、姉は私よりもブスだ。だが、芳彦は怪我で（けが）レギュラーを外された時、笑顔で励まし続けた姉に惚れ（ほ）こんだらしい。もてない男女によくある話だ。

姉夫婦の出た追商（おいしょう）も第一学区の底辺高で、高梨の山高と似たり寄ったりというレベルだ。大学に進学しない人も多く、実際、姉は高卒で小さな商社に勤めた。簿記と保険事務の夜学に行くため、きちんと定時で終わる会社がよかったという。芳彦も追商を出るなり、大日本（だいにほん）自動車に養成工として入社した。

養成工は一年間のカリキュラムで、自動車組立てなどを訓練される。有能な工員を養成する社内機関だという。商業を出て工員になるのもおかしいが、給料が養成期間中も保証され、技術が身につくからだったらしい。

とはいえ、五十年以上も働きながら、七十一歳になるまで家一軒買えない男と結婚して、姉は幸せなのだろうか。

私はそう思い続けて来たし、今も思っている。だが、夫婦とは不思議なものだ。

姉たちは七十一になっても、どこに行くにも一緒で、毎週金曜の夜は近所の居酒屋で飲むという。今、私はそんなことを夫としたいとは全然思わないが、若い頃は羨ましかった。何しろ夫は、ウイスキーボンボンでも酔う。

芳彦は定年後も組立てや塗装の技術を買われ、今も人手不足の町工場で重宝されているらしい。姉は結婚後に商社を辞め、歯科医院で、保険事務や経理を任されている。経営している院長は親戚なので、定年はないに等しい。

姉の結婚は、あらゆる点で私より格下だった。むろん、私はそんな本音は、おくびにも出さない。

というのも、姉夫婦は私達夫婦に対し、一度たりとも嫉妬もいじめもしなかった。何かというと、「ワァ！　すごいね」と喜んでくれる。

和幸と違い、芳彦にはお中元もお歳暮もほとんど届かない。だからおすそわけすると、二人して「オオ、いい妹夫婦持ってラッキー！」と大喜びでもらって行く。

和幸に夫婦同伴のパーティなどがあると、いつでも嫌な顔ひとつせず、息子二人を預かってくれた。迎えに行くと、息子二人とミキを並べて眠らせ、芳彦が調子っ外れの子守唄を歌っていたものだ。

姉夫婦は「妹夫婦は別世界の人」と割り切り、嫉妬やいじめなど考えもしなかったのではないか。私は心の中でそう思っている。

姉のマンションに着くと、ちょうどミキも来ていた。パートが休みの日などにしょっちゅう来ており、居酒屋にも夫婦でよくつきあうらしい。何でも話せる母娘を見ていて、羨ましくなることがある。うちのように息子だと、そうはいかない。

十畳ほどのリビングでお茶をいれていた姉の手が、突然止まった。

「えーッ、何それ。今度生まれたら和ちゃんとは結婚しない?!」

「うん。もういいかな。平凡な幸せだったけど、結末は、何もできることのない七十バアサンだもんね」

「アンタって恐いこと考えるねえ。また和ちゃんと結婚して、別の人生も取り入れればいいじゃない」

「違うの。今度生まれても、今と同じ人生がいいかってこと」

姉は即答した。

「今と同じ人生がいい。また芳彦と結婚して、またミキを生んで。金持ちではないけど、夫婦、親子が仲よくて、いつも笑って、ぐっすりと眠れる暮らし。何回生まれても、今と同じがいい」

そう言うだろうと思ってはいたが、ここまで断言するとは思わなかった。何回もやりたいほどの暮らしではないだろう。

「夏江、見た？　この前、テレビに大学の女性教授が出ててさ。夏江と同じ年齢で、伊藤ナントカよ。何かすごい科学者らしいんだわ。その伊藤ナントカが『今度生まれても、この道を歩きたいですか』って質問されたの」

「そのテレビ見てない。何て答えたの？」

「『もう生まれたくないよォ』だって。回りの人たちは笑ってたけど、私は可哀想な人だなと思った」

「何で？」

「たぶん、科学者人生は苦しくて、大変だったんだと思うよ。だからもうやりたくない。でも、回りを見てるとそれ以外の人生も面白くなさそうだ。いっそもう生まれなくていいってなったのよ。夏江みたいに、今度生まれたら、その時こそ！　って考える方が、まだ健康的かも」

「お姉ちゃん、それ違うと思うよ。その女性教授、自分が思ったように生きて来て、満足なのよ。だから、この一回で十分ってことなんだよ」

「違うよ。私は哀しい人だと思う」

姉にこれ以上のことを言っても、わかってもらえまい。

誰がどう思おうと、姉は自分の人生が心から幸せなのだ。七十を過ぎても、毎週末は二人で居酒屋に行く男と女は、十五の春に出会って以来、二人の力で人生を築いて来たのだ。

私はと言えば、和幸の意向を第一に考えて生きてきた。そして今は、口を開けば「最後に頼りになるのはカネ」と言うジイサンとつきあう毎日だ。こんな人生、いくら平凡な幸せでも、次は別の道を行きたい。自分を生かしたい。

「お姉ちゃん、考えることない？　ターニングポイントで、あっちの道を選んでいれば、別の人生があったって」

「考えないわよ。あっちに進んでりゃ、もっと不幸になったの」

「いい性格してるね」

「アンタ、七十だよ。古稀だよ。そりゃ今は人生百年だけどさ、古くから稀に生きてる年齢って言われたって。そこまで平和に生きてきたんだよ。和ちゃんに感謝でしょうよ」

「十分感謝してるよ。ねえ、知ってる？　高梨公子って山高だって」

「あの弁護士だっけ？　えーッ、山高なんだ。私よりバカじゃん」

「ま、似たり寄ったりだけど。すごいガリ勉したって。高い意識さえありゃ、ああなれるんだよね、誰でも」

「ハイハイ、今度生まれたら弁護士にでも政治家にでもなんなさい」

ひたすら宅配ピザを食べていたミキが、指についたトマトソースを舐めながら言った。

「私はナッツの気持わかるよ。私も今度生まれたら別の人生送ってみたいもん」

ミキは小さい頃から、私を「ナッツ」と呼ぶ。姉が色めき立った。

「何よ、ミキも今の暮らしに不満なの？」

「そうじゃなくて、次は別のことやってみたいってこと。私なら宝塚（たからづか）に入るか、パリで修業してレストラン開くか、色々やってみたいことあるよ。ねえ、ナッツ」

「そうよ。今から大きく人生は変えられない。だけど、小さい何かをひとつくらい、変えられるんじゃないかって、思ったりもするんだよね」

姉が一笑に付した。

「古稀から人生変える何かなんて、小さかろうがひとつもございません。趣味を楽しみゃいいの」

「ジイサンバアサンになると、みんな趣味。みんなカルチャー。それしかないのかって」

「ナッツねえ、それしかないんだと思うよ、ジイサンバアサンには。あと、体力に見合ったボランティアか。だから私……四十代のうちに、今の生活から変われる何かを見つけておこうと思ってる」

「ミキ、それがいいよ。私みたいに古稀になってからじゃどうにもなんない。わかってるの、私も」

姉が割り込んできた。

「人生なんて、みんな本人の責任。自己責任。今さら何をぬかすかって。いい結婚狙いで必死こいたの、夏江自身でしょ。それを手にしたんだから、思い通りでしょうよ」

その通りだ。だが、「女はクリスマスケーキ」と公然と言われていた時代である。クリスマスイヴの二十四日に重ね、

「二十四歳までは価値があるけど、二十五歳からは女の価値、グンと下がるからさ、焦りなよ」

と、男たちは平気で口にしていた。

海外駐在から帰国した男子社員が人事課に挨拶に来て、お茶を出す女子社員に、

「あれ？　君、まだいたの？」

と言うのを何度聞いたか。

私は絶対に、「オールドミス」にはならない。私は誰もが羨む結婚をして、着物を着て退職挨拶に回ってやる。

当時、なぜか結婚退職する女子社員だけが、最後の日に着物姿で「お世話になりました」と回った。決められていたわけではないが、暗黙の了解だった。

「結婚」から外れた女には、何もかもが差別的だった。

これが世間だった。社会だった。どんなに身にしみたかわからない。

姉はせせら笑った。

「アンタ、実の妹だけどさ、よくこんなにうわべと本音の違う女がいるもんだって、私、いつも呆れてたんだよ」

実際、本音は両親と姉にだけさらし、あとはひたすら「どちらとも言えない女」を保って来た。おかげで見合い話が引きもきらなかったものだ。

「アンタが猫かぶってたこと、男は誰も見抜けなかったよね」

「だって私、普通の猫かぶってたんじゃないもの。化け猫百匹かぶってたから」

ミキは笑い転げた。

「笑いごとじゃないの。今、私たちくらいの年代の女は、最低でも化け猫を五十匹はかぶってたんだから。高梨公子のような女たちもいるから、全員とは言わないけどさ」

「そンだけかぶりゃ、猫でも重いよ」

「重さなんて耐えられるわよ。バカな男は面白いほど化かされたんだから」

姉がうなずいた。

「私の高校にもいたよ。すっごい化け猫女」

「でしょ。それが女の生きる道だったから」

「中でもバンビってあだ名の子、あの化かし方は芸術だった。千匹はかぶってたね」

「千匹?! ママ、それは人間業じゃないよ」

「だから化け猫業。夏江と一緒」

「やめてよ。私は百匹だよ」

「男子がさ、いつの間にかバンビって呼ぶようになったんだけど、確かにバンビだよ。目がクリクリしてて、まつ毛が長くて、細くて、甘え声で。もう可愛い可愛い。男の先生まで『オイ、バンビ、掃除さぼるなよ』とか言っちゃって」

バンビは女生徒に嫌われていたが、なぜかフーコという子とは一緒に帰ったり、いつも一緒にいたと、姉は面白そうに笑った。

「その、フーコがね、突然裏切ったんだよ。男子たちにバンビの裏をぶちまけた。『バンビってあだ名、本人が自分でつけたんだよ』って。なのに、『フーコがつけたってことにして、男子たちにそう呼ばせて』って命令したってんだから。『すっごい自信家で、男の目を向けさせるためなら、何だってやる』ってフーコは全部バラした。イヤァ、面白かった」

「何で裏切ったの、フーコは」

「それがもっと面白くてさ。バンビが『フーコはブスだから、いつも一緒にいるの。私の可愛さが目立つでしょ』って言ってたって、その噂がかけ巡ってさ」

「そりゃフーコ怒るわ」

「だけど、バンビはへっちゃらよ。『フーコのカン違いよ。私、そんなこと一度も言ってないもん。でも、本当にバンビのようになりたいから、これからもそう呼んでね』って、長いまつ毛を涙でぬらしやがってさ」

「オー、男子イチコロ」

「そ。それからはフーコも離れたんだけど、化け猫には続きがあるの。バンビは入学した時から子供用の小さなスプーンでお弁当食べててね。ウサギだかリスだかの絵がついてるヤツよ」

「お姉ちゃん、私、気持はわかるよ。そういうのを、少女っぽいとか甘えん坊とか言って喜ぶ男たち、いたもん」

「もっと高度なの、バンビは。最初は誰も気にしてなかったのに、これ見よがしにスプーンで食べるから、おバカな男子が聞いたの。そしたら何て言ったと思う？　恥ずかしそうに『バンビ、お箸持てないの』だとよ」

すると、男子がバンビの回りを取り囲み、鉛筆二本で我れ先にと持ち方を教えた。

「『イヤーン、お箸って開くの難しい』とかって甘え声出して。芳彦だけは関心も示さなかった。私がいいって」

姉は誇らし気に大昔のことを言った。

「だけど、ホントは箸持てたんだよ。渋谷のラーメン屋でかっこんでるとこ、見られた。夏江、バラされてどうしたと思う？」

「『みんなのおかげで、バンビ、持てるようになったの』とか言って鉛筆持って『ホラね』って小首かしげて」

「アタリ。アンタも小首かしげて世渡りしただけのことはあるよ」

「ほっといてよ」

「確かにさ、そういう時代だったよね」

「だけどバンビも七十一でしょ。私と同じに人生の虚しさに気づいてるよ。千匹の化け猫も死んだろうしさ」

「いや、その化け猫が生きてるうちに、何か大金持ちの男をつかまえて、幸せに暮らしてるらしいよ。夏江、これだけは言っとく」

　姉は真面目な顔を向けた。

「バンビと同じに、アンタも自分の思い通りの人生つかんで、七十になったんだから、今度生まれたら、なんて考えるんじゃないよ。ミキもだよ。そういうことを言うと、これまでの自分を全部否定することになるの。家族のこともだよ。それも古稀にもなってから、みっともないよ」

　うなずいてみせたが、「古稀になったから焦るのよ」とは口にしなかった。

何回生まれても今の人生がいいと断言する姉にとって、毎週夫婦で居酒屋に行く老境は、自己実現そのものなのだろう。

私は、姉もきっと「選ばなかった道を選んでたら、どうだったかなんて考えもするよね」くらいは言ってくれそうな気がしていた。であればこそ、東村山まで車を走らせたのだ。

七十一と七十の姉妹で、もうどうにもならないことを笑って話せば、気が晴れると思ったのは甘かった。

帰りの車を運転しながら、私は最初のターニングポイントを思い起こしていた。高梨公子と同じ高校二年の時だ。もしもあっちの道を選んでいたら、人生はまるで違うものになっていただろう。

私は小さい頃から庭仕事が好きで、花でも果物でもそれはみごとに育てた。

ご近所からは、

「夏江ちゃんはお父さん譲りで、緑の指を持ってるね」

とよく言われた。

草木や花を上手に育てる人を、「緑の指を持つ」と言うそうだ。

その評判通り、父の今井正平は陽当たりも水はけも悪い庭に、四季折々の花を咲かせた。種からモモやビワを収穫した時は大田区報の「人」の欄で紹介されたほどだ。

私が育った家は、大田区大森の一軒家だった。祖父の代からの借家で、古くて住みにくい造りの二階建てだったが、裏庭は二十坪くらいあった。

父は蒲田で電器店を経営していた。これも祖父の代からだったが、父が亡くなると同時に閉めた。安売り量販店などに押され、とても維持できなくなったのだ。

父は朝、店に出る前に、そして店が終わってから、それは楽しそうに草花の手入れをしていた。

私が父の庭仕事を手伝うようになったのは、小学校低学年の頃からだ。父は張り切って花の名前から、脇芽かき、土壌作りまで丁寧に伝授してくれた。

私も植物と暮らす日々が楽しく、父から次々に吸収していった。そして、植物に関する仕事がしたいと、初めて思ったのは中学生の頃だ。

それを聞いた父は跳ねんばかりに喜んだ。

「夏江、本気で木や花の専門家になれよ。植木屋に弟子入りしてもいいし、緑地計画を勉強するのもいいよ。都市とか公園とかの計画って言うか、デザイナーって言うかさ」

中学生の私は「デザイナー」という言葉に憧れを持ち、この日以来、「緑地計画をやる」と心に決めたのである。

それを知った父は、国内外の都市や公園の写真集だの本だのを買って来ては、私に与えた。それらを見ながら父はビールを飲み、隣りで私はジュースを飲み、批評しあったりする。何よりも楽しい時間だった。周囲から、

「そんなにお父さんべったりだと、彼氏できないよ」

とよく言われた。

中学、高校でも部活は園芸部で、私は図抜けて力のある部員だった。顧問教師からも、

「造園家になれよ。緑の指、生かせ」

と、幾度となく言われていた。

だが、高校生ともなると、世の中というものがわかり始める。女の幸せは結

婚であり、出産であり、幸せな家庭を築くことなのだ。

それは以前から感じていたが、確信したのは、結婚適齢期女性たちに対する近所の反応だった。近所には二十二、三歳から、たぶん二十五、六になっている「お姉さん」たちが何人もいた。

その中で、結婚が決まった人と決まらない人への反応がまるで違う。あの時代、何の忖度もしない。

決まった人や、赤ん坊を連れてやって来た人には、

「おめでとう！　よかったねえ。ご両親もどんなに喜んでるか」

と声を張り上げる。

またあの頃は、お見合い話がまとまりそうになると、興信所のようなところが、近所を回った。結婚相手の娘がどんな性格か、近所の評判はどうかなどを、聞き歩く。うちにもよく来ていた。

聞かれた家々の人は、後に弾んだ声で本人に、

「とてもいい子ですって言っといたわよォ。いいご縁ねえ。きっと決まるわ」

と言い、本人は、

「ありがとうございます。嬉しいですゥ」

と身をよじる。母親も満面の笑みで声を張る。

「これで決まってくれたら、娘も幸せだし親も幸せよォ。決まったら何かおごるねッ」

そんな中、隣り近所にはなかなか決まらない娘たちもいた。周囲は心配そうに、娘本人に、

「早く決まるといいね。あなた、お向かいのカッちゃんと同い年でしょ。カッちゃん、二児の母よ。子育ては若い方が楽よ」

などと言う。大きなお世話、引っ込んでろだ。その上、何人か集まると、声をひそめて噂する。

「山田さんとこのヨシコちゃん、決まったって。そのお向かいのクミちゃんも。でも両家ともおめでたいのに喜べないって言うの」

「わかる、山田さんと親しい斉藤さん、あそこのお嬢さん、二十七にもなって決まらないからでしょ」

「それよ、それ。あのお嬢さん、どっかに引っ越すみたいよ」

「あらァ。娘も哀れだけど親が哀れだよね」

七十歳になってわかるが、昭和四十年代は野蛮な時代だった。こんな禁句を、ごく当たり前に口に出していた。

「ご縁」に大喜びの母娘と、こっそりと家を出て行く娘。見送る母。こんな両極は至るところにあった。

大半の女性が、何としてもいい「ご縁」を得て、自分はもとより両親のことを幸せにしたいと思うのは正しい。

実際、一般女性が仕事で活躍する時代ではなかった。緑の指を持つとはいえ、仕事しかない女になったら、私はどうする気だ。絶対にイヤだ。その思いはだんだん強くなっていく。

高校二年のある日、ホームルームで「将来の夢」を発表する時間があり、私の番が来た。

「緑地計画を勉強して、都市や公園を緑あふれるようにデザインしてみたいと、中学生の頃まで思っていました。でも、今は、幸せなお嫁さんになりたいのが、一番かな」

それからほどなく、担任から職員室に呼ばれた。そして、強く勧められた。

「千葉大の園芸学部を受験してみろ。園芸部の顧問も君の能力と、植物への向きあい方には驚くと言っていた。君の成績なら、まず間違いなく合格できるよ」

そう言って千葉大の大学案内を広げ、

「顧問が、造園学をじっくりやれば、これからはスペシャリストとして女性も活躍できると言っている。受けてみろよ」

私は返事ができなかった。察したのか担任は笑った。

「いや、幸せなお嫁さんも大事だよ。結婚はした方がいい。だけど、君みたいに一芸に秀でた子は、絶対にその力を埋もれさせちゃダメだ。これからの女性は必ず仕事を持つようになる。な、結婚しても母親になっても社会とつながる仕事を持て」

高梨公子は十七歳の時、教師の言葉に刺激を受けたと語っていた。私は、

「はい。よく考えてみます」

と答えておいたが、ここからが高梨と違う。

千葉大は国立一期校である。最難関校のひとつだ。その上、園芸学部は理系である。今で言う「リケジョ」だ。国立一期校のリケジョなんて、当時は結婚には邪魔な経歴だった。受験する気はなかった。

ところが、高校三年になると、私の成績はさらに上がり、合格の太鼓判を押された。担任のお墨つきを知った父も大乗り気で、「俺を超えたな」と早くも誇る。だが、母のハル子は、私が目指しているのは「いい結婚」だと気づいていたようだ。

ある夜、父が寝て、私も自分の部屋に引き上げようとすると、母に呼び止められた。

私を座らせ、型通りにお茶などいれる。何の用なのか全然わからない。適当に世間話をして、立ち上がろうとすると、止められた。

「夏江、絶対に千葉大受けなさい。アンタ、結婚のことばっかり考えてるでしょ」

黙る私を、母は正面から見た。

「結婚するのは賛成だけど、夫と同じくらいの経済力をつけること」

表情は真剣そのものだった。

「お母さんに経済力があれば、子供二人連れて出て行った。経済力がどれほど女を自由にするか、お母さんは身にしみてる。だから言うこと聞いて」

母が姑にいじめ抜かれ、時には下女扱いされて生きてきたことは聞いていた。父が母親と嫁の間で苦労し、それでも最後は必ず、母親についたこともだ。

「お母さんは出て行けなかった。明日からのゴハンに困るもの。実家に戻れば『出戻り』とか言われて、親を苦しめるしね。つい、オドオドと姑の顔色うかがって、そうするとますます姑はいびってくるし。お母さんがどうやって乗り切ったかわかる?」

私は小さく首を振った。

「寝たきりになった時は、世話なんか一切しない。そこらに放っておいて、これ見よがしにゴハン食べてやるって」

母は自分の手をさすった。

「だけどいざそうなると、やっぱり食事から下の世話まで全部やるのよ。それを八年やって、思ったね。私は何のために生まれて来たんだろうって」

母の言葉は、七十歳の今ならわかる。だが、高校生の私にわかるはずもない。「何のために生まれてきたのか」という思いは、十七歳には現実離れしていた。

「お母さんの時代と今は違うってば。そんな明治や大正みたいな姑、さすがにいないわよ、今」

「うん、少しは変わっただろうね。それに夏江が結婚するまであと五、六年ある。もっと変わってると思う。だけど、ハッキリと言っておく」

母は語気を強めた。

「結婚って、相手に気を遣って暮らすことよ。これだけは幾ら時代が変わっても、変わらない」

「夫の方だって遣ってるでしょ」

「そうよ。しょせん他人が一緒に暮らすんだもの。夏江、我慢して人生を無駄にしちゃダメ。絶対にダメ。他人に気を遣って生き続けて、何が楽しい？」

「夫は他人と言い切るんだ」

「そうよ、他人」

「一生、結婚するなって言うわけ？」

「じゃないわよ。結婚後、何かあったら子供連れて、いつでも出て行ける女になれって言ってるの。結婚より先にやるのは、そういう力をつけることでしょ。千葉大受けなさい」

私はかぶりを振った。

「千葉大出たからって、希望の仕事につけるかどうかわかんないもん。それに、男と同じだけの経済力つけるのに何年かかると思ってんの。それだって、つくかどうかわかんないのよ。その間にオールドミスになって、私も親も哀れみの目を向けられてさ。それで緑地計画やってどうなるのよ」

いつもは穏やかで自分の意見など通そうとしない母が、引かなかった。

「夏江はいい結婚するには、若さと愛らしさが大切だと思ってるだろうけど、夫から養ってもらうのが幸せとは限らないのよ。『誰に食わせてもらってると思ってんだ』なんて平気で言う夫もいる。夫の考えに左右されて、気兼ねして他人と暮らす一生と、いざとなればいつでも子供を連れて家を飛び出せる一生と、どっちがいい？」

私は内心で、「そういう強い女が嫌われるのよ」と思っていた。

「夏江、一生できる仕事を持って、それで結婚したらいいのよ。女医とか看護婦とか、そういう人、いっぱいいるじゃない。美容師とか」

「それは特殊な人よ」

「だから、勉強して特殊な人になれって言ってるの。言っとくけど、お母さん、今は不幸ではないわよ。だけど、夏江みたいに能力のある子は、お母さんと同じに生きることないの」

私は少し黙って時間稼ぎをしてから、

「うん。よく考える」

と、担任に言ったのと同じに答えた。だが、よく考える気などまったくなかった。私が結婚するであろう五、六年の間に、社会なんて変わりっこない。オールドミスの、干し魚のようなバアサンになってから「結婚すればよかった」と口悔(くや)んでも、後の祭りなのだ。それにそんなバアサンは、五十五歳の定年後、独居じゃないか。

家庭があれば、一緒にジイサンになった夫もいるし、子供たちも孫もいる。どちらが幸せか、すぐわかることだ。

何よりも、たとえ緑化の専門家になっても、都市や公園の緑化計画に、女がタッチさせてもらえるなど、普通はありえない。ありえないことに自分の人生をかける気は、まったくない。

ただ、七十の今になると思う。十代や二十代のうちから、安定と老後を考えていたのは情けないことだった。

「夏江、人は生まれっ放しはダメよ」

意味がよくわからなかった。

「妻や母親になるだけでなく、家族のためにではない何かを持つの」

よくある説教だ。

「それが経済力につながれば、もっといい。夏江は勉強もできるし、好きなこともある。それが経済力につながる可能性もある。ね、ただ生まれっ放しは、老人になった時、必ず後悔するわよ」

浅くうなずいて部屋を出ようとする私に、母は追い打ちをかけた。

「うるさいと思うだろうけど、親の言うことを聞いていれば間違いないの」

本当にうるさかった。

年が明けると、私は誰にも相談することなく、古い歴史を持つ聖マタイ女学院短大の教養学科に願書を出した。

潮高生にしてみればこの短大は簡単すぎて論外だ。担任は思わず「もったいない……」とつぶやいた。その通りだろう。だが、私よりもっと優秀な女生徒の中にも、女子大の家政科や短大を選ぶ人がいた。私の気持は揺るがなかった。

敢然と自分の人生を自分で決断したのは、この時だけだったかもしれない。

聖マタイ女学院はミッションスクールで、幼稚園から大学院まであった。女子短大は全国でも屈指の名門だ。いわゆる「お嬢さま」が多く、就職はどこの大企業からも引く手数多(あまた)だった。

もっとも本当の「お嬢さま」たちは「家事手伝い」として、就職しないケースが目立つらしい。この時代、いくら何でも「職業婦人」という言葉は消えていたが、いい結婚のためには社会に出て「スレる」より、深窓(しんそう)にある方がいい。その傾向は、まだ多少なりともあった。結婚には「家事手伝い」が一番有利という声もよく聞いた。

私の選択には、両親もショックだったと思う。だが、二人はそれを表に出すことなく、何も言わなかった。娘がいいと思って決めた道だと、自分に言い聞かせたのだろう。

ただ、父に、

「教養学科って、何をやるんだ」

と聞かれた時は困った。

私自身、女子短大の案内書を何度読んでもわからなかった。色々なことを広く浅く学び、教養をつけるところではなかろうか。

そう答えると、父は「そう」とだけ返した。

もっとも、何を勉強するかなど、私にはどうでもよかった。名門女子短大の教養学科は、男やその親が最も好みそうで、結婚の邪魔どころか、高ポイントを稼ぐ。そう思っただけなのだ。「家政学科」より、もっとホワーンとした感じがいではないか。

そして、千葉大で造園学を学ぶ道を選ばなかったことを、(70)までは一度も後悔したことはない。望み通りの結婚をして、むろん、その間には色々とあったが、「平凡な幸せ」に何の疑問も持たなかったからだ。

だが七十歳になり、高梨のような絶対に私より劣っていた女性の今を知ると、言いようもない無力感に襲われる。もはや手持ちの時間は少なく、それを趣味に使って最期を待つしかないのか。

今度生まれたら……選ばなかった道を行く。

千葉大に進学し、女性の造園家の草分けとして、自分で人生を切り拓く。それこそ破格の面白さだろう。

ああ、国立一期校だの理系だのを、あそこまで排除する必要はなかった。姉とトントンにおバカな高梨は、ガリ勉して自分で切り拓いた。今になると彼女が羨ましくてたまらない。

母が実体験から、

「人は生まれっ放しではダメよ」

と説得した言葉と真剣な目が、七十になった今、甦る。

「これからの女性は仕事を持つようになるよ」

と力をこめた担任を思い出す。

高梨が、新聞で語っていたことが響く。

「時代の風潮に合わせすぎるなということですね。それらはすぐに変わるんです」

十八歳のあの時、なぜ、私はそれに気付かなかったのだろう。

だが、平凡なだけで、何の力もない七十になるとわかっていても、あの時代にあっては、この生き方をした気もする。

実際、私が懸命に選び取った人生は、五十代に入ると幸せを加速させた。

一流商社に勤務していた長男の剛は、きちんとした家のお嬢さんと婚約した。次男の建も剛と同じ国立大学に入り、二十歳になった。見た目も悪くないし、嫁はいくらでも来るだろう。二人は家を出て独立しており、何の心配もかけない。

そして、夫はシンガポール法人の設立をなしとげた。これは社運をかけたプロジェクトであり、夫は「シンガポール準備室長」だった。その剛腕ぶりを役員たちがこぞって評価し、将来は開けていた。実際、すでに現地法人社長のポジションと、夫婦でシンガポールに赴任する内々示が出ていた。

私は英会話を始めなくちゃと思いながら、メイドのいる暮らしにときめいていた。社長夫妻主催のパーティも必要なため、家も庭も広々としているそうだ。

やっぱり私の選んだ道は、間違っていなかった。頼もしい夫を支えて頑張ろう。そう誓う自分が幸せだった。

人生が一変したのは、その直後である。一本の電話だった。

夫は五十二歳、私は五十歳の春のことだ。

第三章

夫がその日、祝賀会で帰りが遅くなることはわかっていた。シンガポール法人設立の正式な決定に伴い、準備室の解散会と関係者の慰労を大々的にやるのだという。

少し気が早いが、私は衣類の整理をしていた。それだけで、心が弾む。シンガポールではパーティ用のロングドレスも必要らしい。あっちで作る方がいいだろうと考えたりする。

この家は、私たちが帰国するまで建が住んでくれることになり、その片づけがないだけでも有難い。

衣類の山を整理しながら、初めての海外生活に逸る心が抑えられない。時間のたつのも忘れていると、電話が鳴った。夫が駅まで車で迎えに来いと言うのだろう。

受話器を取るなり、硬い声がした。

「新宿(しんじゅく)警察署です。佐川さんのお宅ですね」

「そうですが……」

「警察」と聞いただけで、不安になる。

「ご主人がちょっと。こちらには川田(かわた)常務とおっしゃる方と、若い男性社員がおられますが、奥さんも来て頂けますか」

常務の川田勇一(ゆういち)は私たちの仲人(なこうど)であり、シンガポール準備室の担当役員だ。現地法人の社長に夫を抜擢(ばってき)したのも、川田だと聞いていた。

すぐにタクシーを飛ばし、新宿警察にかけ込んだ。案内された一室で、川田と若い社員が係官に話を聞かれている。

私を見るなり、川田は手を挙げた。

「おお、久しぶり」

「ご無沙汰しております。……何か主人が……」

「よほど嬉しかったのか、佐川君、飲んじゃってね。酒は一滴も受けつけないって、みんな知ってたんだけど。もっと早く気づけばよかったのに、申し訳ない」

「いえ、たぶん一口か二口飲んだだけだと思いますから、普通は気づきません」

「気づいた時点で、佐川君はもう相当酔ってたんでね、送り届けた方がいいとなって、すぐタクシーを呼んだんだ。それで安達君がつき添った」

川田は若い男子社員を手で示した。

「そうでしたか。安達さん、お世話をおかけ致しまして、申し訳ありませんでした。で……主人は吐くなりして、タクシーの車内を汚したのでしょうか」

川田は安達を目で促した。彼は困ったように言いよどんだ後、細かく説明した。

「佐川室長はかなり酔っていましたから、後部座席で横になる方がいいかと思いまして、自分は助手席に座りました。しばらく走りましたら突然、脱いだ靴で運転手をめった打ちしたんです」

「え……主人が？」

「はい。運転席と後部座席の間にはボードがありますが、後ろから助手席に覆いかぶさるようにして、硬い革靴を振り回しました。慌てて止めましたが、運転手はハンドルを取られて……」

「事故……ですか」

「ガードレールに突っ込みました」

「ええッ⁈」

「幸い、車とガードレールがへこんだだけですみました。自分も肩を打ちつけまして病院に直行しましたが、この通り問題ありません」

「運転手さんは……」

「耳から出血し、顔が腫れあがって。たぶん撲られたからだと思います。ムチ打ちも出ていましたし、念のため、一日二日の入院をして検査するとのことでした」

安達は触れなかったが、自身の顔にも青アザがあった。止める時に靴で殴られたのだろう。

「自分がつき添いながら、こんなことになってしまって、本当に申し訳ありません」

「とんでもないことです。すべて主人の責任です」

「何か恐い夢でも見ていて、殴ったのかもしれませんね」

そう言う安達に私は深くお辞儀をした。すると、係官が言った。

「ご主人は泥酔しておりますし、起こしてもとても話ができる状態ではないでしょう。保護室に一晩泊まってもらいますので」

「それって……留置所ですか？」

「いえ、俗に言うトラ箱です。酒に酔って他人に迷惑をかけた人を入れます」

川田、安達、そして私は帰された。下戸の夫が泥酔するなど考えたこともなく、それもこの暴れようだ。たとえ恐い夢のせいであったとしても、ショックは大きかった。

川田が自分のハイヤーで、私を送り届けてくれる間、ただただ謝るしかなかった。

「会社にご迷惑をおかけして、どうお詫びしたらいいのかわかりません。マスコミに漏れるでしょうし、海外法人の社長内定者がやったと知られると思います」

「マスコミに関しては、広報と相談の上で対応しますから、過剰に心配しないで」

仲人までやってくれたせいか、川田の目は優しく、自宅前の暗い路地で私は涙ぐんだ。

とはいえ、警察沙汰になった以上、隠しおおせまい。週刊誌が、

「平新電器のシンガポール準備室長　酔って傷害と器物損壊。運転手は入院」

などと書くことはありうる。

翌日の午後、トラ箱と取り調べから解放され、夫は帰宅した。

一言も、ただの一言も「事件」についてはしゃべらなかった。もちろん、私への謝罪もない。言い訳もない。

私も話したくないし、聞きたくもなかった。一切触れずに、

「お昼、おそばでいい？」

と聞いた。

「ああ」

それだけだった。

しかし、「なかったこと」にはならない。ガードレールや車の修理、運転手への補償などがあり、弁護士が出てくるだろう。夫の会社としても、これで終われるはずがなかった。

私は毎朝、ヒヤヒヤしながら新聞を開いた。週刊誌の広告も恐る恐る見た。だが、今のところは出ていない。川田も「過剰に心配するな」と言っていたし、世間にバレることなく処理できるのかもしれない。

私は何よりも、剛の婚約者家族に知られることを恐れていた。婚約者の友永理沙は大学教授を父に持ち、きちんとした家庭の娘だ。両親は剛の父親が平新電器のシンガポール法人社長になることを、とても誇っていたのである。

「理沙に剛さんはもったいないですよ。それにご立派なご家庭で、安心して娘をお任せできます」

と口にしていた。

今回の傷害沙汰は、剛や建の将来にも影響するかもしれない。

毎日、「ヒヤヒヤ」と「ホッ」を繰り返す。

何日かたった夜、剛と建が突然、連れ立ってやって来た。

「何なのよ、そろって。前もって電話してよ。今晩、何も用意してないんだからァ、もう！」

娘と違い、めったに実家に来ない息子たちだ。そうであるだけに、突然の訪問は嬉しい。事件のことは電話で伝えてあった。

「いや、親父が来いって電話してきて。それも今日の今日だよ」

簡単な夕食をとる間、誰も「事件」には触れず、世間話に笑ったり驚いたりした。かえって疲れる。

その後、夫はウイスキーやりんごジュースの準備をしながら、切り出した。

「タクシー会社とは示談が成立すると思う。川田常務のおかげで、会社の顧問弁護士が間に立ってくれてね。それにグループ企業の損保会社が仕切ってくれている」

私は思わずテーブルに突っ伏した。ああ、よかった。示談が成立すれば、相手もマスコミに売ったりはするまい。よかった……。

予定外のお金は出るにせよ、息子たちの将来を考えると、お金など小さなことに思えた。

夫は静かに私たちを見た。

「で、来週から、企画部付部長に異動する」

「え？　どういうこと？」

「シンガポールからは全面的に外れる。だけど、俺の右腕だった久保君が現地法人社長になる準備に入った。だから、何の心配もない」

息子たちには予想通りだったのかもしれない。だが、私は驚くより呆れた。

「事件から二週間しかたってないじゃないの。もう久保さんが社長の準備に入ってるわけ？」

うなずく夫を前に、剛が断言した。

「幾らでも替えがいるのが、組織の力なんだよ。うちだってそう。優秀なヤツ、いくらでもいるから」

「だけど、あれほどの働きをしたパパよ」

夫が苦笑した。

「一回のスキャンダルで、そんな働きは一気に消えるんだよ」

私は黙った。夫は何と取り返しのつかないことをしたのか……。サラリーマン人生はこれで終わった。五十二歳にして終わった。

「で、企画部付部長は何の仕事するんだよ」

剛がウイスキーを傾けながら聞く。傍らで夫はりんごジュースを傾けている。ああ、あの日もりんごにしておけばよかったのだ。

「お前らに見栄張っても察しがつくよな。仕事はたぶん、新聞読んだり、あと何か頼まれたりとか。定時に確実に帰れるから、ま、給料もらって楽してるようなもんだ」

夫はまだ見栄を張っていた。

私が勤めていた頃は、会社の五階には、俗称「部課長部」があった。社員ならみんな知っている。そこは、ラインから外れた部付部長や部付課長がいる部屋だった。幾人ものそういう人たちの机があり、言うなればそこに押し込められていた。仕事は決済後の報告書類に、さらにハンを押したり、業界紙を読んだり……だ。

あの頃は組合も強かったし、会社はそんな飼い殺しでやり過ごしたのだと思う。今もあるのだろうか。まだあったとして、夫がそんな扱いを受けるなら許せない。事件を起こしたのは夫だが、ここまで報復人事をするほどのことではないだろう。シンガポール法人の設立に、夫の力がどれほど大きかったかは、万人の知るところだ。

建がサラッと言った。

「パパ、会社辞めろよ」

思わぬ言葉に、座が静まった。いや、心の奥では誰もが少しは思っていただろう。

私も賛成したかったが、お金が問題だ。退職金も満額は出ないだろう。家のローンは十五年以上残っている。タクシー運転手への補償、ガードレールやタクシーの修理等にはどのくらいかかるのだろう。弁護士費用も必要だ。建の授業料もいる。

剛が、

「俺もそう思うよ。何も我慢して、いることないと思うよ。だけど、経済的にやって行けるの？　少しは援助できるけど」

と私を見た。

すぐに夫が大きく手を振った。

「辞める気は全然ない。子会社や孫会社の窓際にやられなかっただけ、川田常務の温情を感じるしね。ありがたいことだよ」

建が反論した。

「学生の俺から見ても、部付部長の方がずっとみじめだろうよ。俺は他人からみじめにさせられるのは、人生の一番の悲哀だと思うね」

「だけど、悪いのは俺だから」

「いいから退職しろって。後は何とかなるよ」

「何とかなるよ」は無責任だが、建の言う通り、「部付」はみじめなポジションだ。

「企画部付部長」に格下げされた夫は、ラインの部長ではない。ラインには企画部長がいる。部長は本部長、役員というライン上にいる。だが、部付部長はラインの外におり、直属の部下もいない。ライン部長の補佐というか、「とりあえず部長の肩書き」というものだ。

剛が、手にしていたグラスを置いた。

「ラインから外されるのは、しょうがないよな。パパのやったことは、命取りだった」

突き放した言い方だが、その現実は四人とも十分にわかっていた。

今まで肩で風を切っていた夫が、突然、部付部長に降格すれば、社員たちの恰好(かっこう)の噂になる。面白がる人も多いに決まっている。「これで自分の出番が来る」と張り切る人も少なくはあるまい。

それを思うと、私も辞めさせたかった。

「まだ五十二だもの、何か再スタートを考えてもいいわよね。あなた、語学もできるし」

そう言ったが本音としては、みじめな夫を晒(さら)すことで、私までが噂のタネになるのもイヤだった。あれほど華々しく、周囲の羨望(せんぼう)を一身にまとって結婚退職した私だ。順調に出世コースを行く夫あっての、私だった。夫が失墜すれば、私を羨んでいた人たちは面白くてたまらないだろう。

だからといって「後は何とかなるよ」で、アテもなく退職されるのは困る。

言葉を出せずにいると、夫が断言した。

「辞める気はまったくないからね。サラリーマン人生は終わったかなと思うけど、辞めない。定収入のためにじゃないよ」

そう言って、りんごジュースを飲み干した。

「自分がしでかしたことの責任は果たさないとな。みじめに恥をさらすことが、会社の与えた罰則なら、男として逃げるわけにいかないだろう」

話はそこで終わった。小綺麗な正論には、息子たちも私も突っ込めなかった。

二人が帰ってから、台所で後片づけをしていると、パジャマ姿の夫が入ってきた。

私は茶碗を洗いながら、背を向けたまま聞いた。

「あなた、五階の部課長部にやられるの？　あの部屋、まだあそこあるの？」

背中で夫の声がした。

「あるよ。でも俺、会社辞めるから」

「え？」

驚いて振り向くと、夫の笑顔があった。

「剛の結婚式が終わったら、すぐ辞める」

どういうことだろう。それに、結婚式までは八ヵ月もある。

「なら今辞めた方がいいんじゃない？　八ヵ月間耐えることで、責任を果たすってわけ？」

「責任がどうとか、何か偉そうなこと言ったけど、そうじゃなくて」

夫は言いよどみ、私は黙った。

「剛の結婚式にはさ、平新電器の肩書きで出たいんだよ。向こうの家との釣り合いを考えても、プー太郎ってわけにはさ。剛の会社の上司や同僚も出席するんだし、仲人の紹介の時、剛に恥はかかせたくないからな」

思いもしない答えだった。

「そりゃ、『父上はシンガポール現地法人社長で』とは紹介できないよ。だから役職には触れないでもらう。俺の学歴と会社名を言うだけで十分だ」

息子のために、あと八ヵ月間を自ら飼い殺されるというのか。

この人にこんなところがあった。今まで知らない姿を見たようだった。

もはやエリートではなく、そこらのオジサンだ。自分のやったことの報いとは言え、みじめな上に、将来もない。だが、家族のために自分を捨てる男であり、父親だった。これ以上、私は何を望むというのか。

一生、この人に添いとげる気でいたが、その思いをさらに強くした。私の人生をかけて手にした結婚像とは、大きくズレてしまった。だが、身の丈(たけ)に合った幸せを、これから二人で楽しめばいい。ふっと心が楽になった。

一本の電話で一変した日から二十年近くがたち、今、私は七十歳になっている。

夫は剛の結婚式直後に退職した。

私は見えて来た人生のゴールを思っている。人生にこれから変化が訪れることは、まずない。ここまでだったのだ、私の一生は。

二十年前は家庭のために自分を捨てる夫を見直し、こんなに立派な男と巡り合った幸せを本気で思った。二人で楽しんで生きようと力が湧いた。

だが、長くは続かなかった。それはそうだろう。男から幸せをもらうことに、私は人生をかけて来たのだ。あまりに大きく裏切られた。

夫は五十二歳の秋に退職すると、アルバイトでビジネス文書の翻訳を始めた。薄謝だが今も続け、私の不定期なパート代と年金で、何とか暮らしを維持して来た。

そんな中、ローンの残りは夫の退職金で一括払いした。そして突然、夫は還暦を迎えた。そして突然、「蟻(あり)んこクラブ」なるサークルに入った。

これは、東京都が生涯教育の一環としてやっている会で、いわゆる「歩こう会」である。退職直後から、何かスポーツをやりたかったらしく、カルチャースクールやジムなどを色々と調べていた。

そして必ずつぶやく。

「高いなァ。出せないよ、こんなに」

会費である。たいていは月に一万円前後だ。家計には響くが、他をつめれば決して「出せないよ」の額ではない。それにスポーツで心も体も元気になるなら、安いくらいだろう。友達だってできそうだ。

幾ら言っても、夫は決まり文句の、

「夫婦がどちらか一人になれば、最後に頼りになるのはカネだ」

を毎回繰り返し、決して入会しようとはしなかった。

区や自治体が安く主催しているものもあったが、入らない。大学時代にワンダーフォーゲルで鍛えた誇りが、「そこらのジジババと一緒にやれるか」につながる。

還暦を迎えてほどなく、東京都が始めたという「蟻んこクラブ」を知ったようだ。当然、会費は安い。月三百円程度だ。会員は大半が「そこらのジジババ」だが、各自の気力、体力に合わせてクラスが分かれていた。

おしゃべりしながら、楽しく歩くA組は後期高齢者中心だ。B組は毎回三千歩程度を歩く組で、運動不足解消やダイエットを願う人たち。C組は坂道や階段のある場所を、毎回五千歩ほど歩く。D組はかなりきつく、C組と同じコースを設定時間内に歩く。そして、E組が一番ハードで、歩こう会というよりはワンダーフォーゲルに近いことを取り入れていた。

どの組も「蟻んこ」のように地道に、しっかり続けようということでつけた名らしい。

学生時代にワンダーフォーゲル部員だった夫は、登山、沢登り、ロープワークなどもやって来たし、山スキーも得意だ。

還暦とはいえ、若い時に鍛えた体は、やはり違う。本人も「そこらの六十歳とは違う」と自負していた。

クラスは体力テストや自己申告によって、決定できる。夫はD組からと自己申告した。私は持ち上げた。

「すごいわね。最初からD組」

「それ、違うだろ。トンチンカンなこと言うなよ」

いつもの否定からだ。

「大学のワンゲル部に比べりゃ、E組だって行けるよ。だけど最初からEってのは浮くからな」

「すごい。そういう気配り、大事だよね」

持ち上げておく。

夫は入会後、三ヵ月ほどでE組に変更した。プロのインストラクターにほめられることも多く、自信が目に見えていた。

あれから十二年がたつ今、もはや蟻んこそのものの励み方をしている。あい間を縫って、杉並区立のプールまで歩いて通い、泳ぐ。

「プール代は二百五十円だし、歩くのはタダ」

毎回聞かされ、うんざりだ。

ドアチャイムが鳴り、夫が一泊の山歩きから帰って来た。

「お帰りなさい。どうだった？」

私が型通りに言うと、リュックを降ろし、量販店で買ったダサい帽子を取る。それだけで汗くさい。

「今回はD組から上がって来たヤツがいて、やっぱり面倒みるから疲れるよね」

「しかし、あなたって若いよねえ。就職と同時にやめたワンゲルを、還暦から再開するんだから。それで下の人の面倒までみて」

「学生時代に、下級生の面倒みたのと同じだよ」

「でも、今は七十二だよ。たいしたものよ。体も締まってるしね。妻としては自慢だわ」

家庭平和のために、こう言って持ち上げておく。

だが、私が見るはずだったのは、こんな夫ではなかった。リュックに帽子で、いくらE組かもしれないが、高齢者サークルに精を出す夫ではなかった。

第一線で仕事をこなし、順調に昇進していく姿だった。佐川和幸にはその力があったはずだし、実際、有望視され、将来も開けていたのだ。

私が見たい夫は、七十二歳の今も大企業の役員として、辣腕をふるう姿だった。せめて子会社の社長として指揮する姿だった。

世の中はわからないものだ。和幸がそういう道を歩くと思っていればこそ、私は化け猫を百匹かぶって、落としたのだ。大きな計算違いではあった。化け猫も木から落ちる。

だが、これは運命なのである。二十代の頃、そんな行く末は見えない。木から落ちたことは、腹におさめるしかない。

「お風呂、いつでも入れるわよ。疲れたでしょ」

「お前さ、疲れたら風呂って決めつけるのは違うよ」

「ごめん。じゃ、まずはりんごジュースだね。ウーロン茶の方がいい？」

「違うだろ。酒が飲めない人には、すぐジュースかウーロン茶か？　それも思い込みだよ」

私は声をあげて笑った。

「あなた、ホントによく否定から入るよね」

「え？」

「あなた、会社辞めてからずーっと、私が何か言うと否定から入ってるよ」

「そうか？　気がつかなかった。では、おっしゃる通り、疲れたから風呂にします」

笑って出て行ったが、すぐに風呂場から声がした。

「夏江ーッ、新しいボディソープがあるぞーッ。買う必要ないよ。前から言ってんだろ、銀行とかでくれる石けんで十分だって」

こう言いながら、ボディソープをワシャワシャと使うのは夫だ。

私は大声で返す。

「もらいものよーッ」

安心したのか、夫は黙る。買ったに決まっているだろう。

夫は大切な人だ。出会えた幸せを思う。だが、彼の思いに左右されて、自分の人生を生きなかった情けなさもつのる。そして、すぐに思い直す。夫にはいいところがたくさんある。会社で仕事ができたように、それはプライベートでも存分に発揮された。息子たちの進学から家を買うことまで、あらゆる決断は早く、適確だったし、ものごとをいつまでも引きずらない姿勢も嬉しかった。そして、私はウソをつかれたことがない。

それらに守られたからこそ、平和に暮らしてこられたのだ。だが、また思う。私は自分の人生を生きなかったと。その繰り返しだ。夫のいいところを数えあげること自体、自分で自分を慰めているのかもしれない。

二本の道の、もしもアッチを選んでいたなら……と、三十八歳で出会ったターニングポイントを思った。あの時、七十になれば、そこらの単なるバアサンだとわかっていれば、そして夫の言い分に左右されなければ、まったく別の展開があっただろう。

私は結婚後、園芸からはどんどん遠ざかっていた。新婚の頃は社宅のベランダにツルバラをからませたりしたが、息子が二人になってからはそれどころではない。ただ、園芸への思いはあり、一軒家に越してからは、時間をひねり出して花を育てた。ＰＴＡの役員だのパートだの、さらに介護も加わった。それでも、最低限の世話はしていた。

そんな中で、剛が十三歳、建が七歳の時だった。姉から思わぬ話が来た。「木下紘一事務所」が手伝ってくれる人を、一人欲しがっているという。

木下は日本を代表する造園家だ。タワービル内の庭園や大公園の緑地計画など、多くのいい仕事を手がけ、外国でも名前が聞こえていた。

「その木下さんと、うちの院長が古くからの友達なんだって。今でも一緒にゴルフをする仲らしいよ」

院長は親戚とはいえ、私は診てもらう時以外、会ったことがない。

「夏江が緑の指を持っていること、前に私が話したんだよね。それで何かの時に木下さんが言ったんだって。『誰か身元がはっきりしていて、よく働く子、いないかな』って。院長、すぐに夏江のこと思い出したって」

「ちょっと待ってよ。私、ドシロウトだよ。木下事務所で働く立場にないって」

「いや、植物が好きで関心があるなら、シロウトでいいんだって。夏江、やってみない？」

よく話を聞くと社員ではなく、アルバイトである。六ヵ月ごとに契約し、力仕事や下働きをやる。時給も安い。ただ、社員造園家たちのチームと常に木下の現場に同行し、その下働きのような雑務をやる。

いくらバイトでも、何と嬉しい仕事だろう。ローンで苦しい時に、安いバイト料は困るがやりたい。三十八歳のシロウトには、まずありえない話だ。

「夏江にぴったりの仕事じゃないの。やるんなら院長に言うから。木下事務所で一回面接受けるらしいけど、院長の親戚なら問題ないよ」

やりたい。やる。むろん、木下本人がいつも現場に来るわけではないにせよ、木下の仕事を見られるなんて、ありえないことだ。木下チームの社員造園家たちをも見ていたい。

子供も手がかからなくなったし、ＰＴＡやバザーの役員はもうさんざんやって来ており、交代を頼んでも誰も文句は言えまい。

やろう。絶対にやろう。何としてもやりたい。眠っていた園芸への思いが、起き上がった。

あの日、深夜に帰宅した夫が、ゆっくりと風呂で安らいだ後、私は冷たいりんごジュースを出し、さり気なくこの話をした。

「疲れてんだから、そういう話は後にしてよ」

夫は不機嫌そうに言うと、りんごジュースを飲み干し、寝室に行ってしまった。明日の朝、出勤前に話したら、もっと嫌がるだろう。いつ言えばいいのか。返事は早くと言われている。一両日中に、夫が少しでも機嫌がいい時を見はからって話すしかない。木下の仕事を見られるチャンスは、絶対に逃したくない。

夫を起こさないように、そっと寝室に入ると、隣りのベッドから声がした。

「夏江、さっきの話だけど」

上体を起こした夫の姿が、ベッドサイドのスタンドライトに浮かびあがった。

「断って。ダメだ」

たぶん許してくれないだろうと思ってはいたが、もしかしたらという期待もあった。

「ダメ？　私、やりたいの。こんなチャンス、他の人に取られたくない」

まっすぐに夫の目を見る。

「家のことはきちんとやるし、あなたに絶対に迷惑かけないようにする。だから、やらせて」

夫の不機嫌な顔が、灯に照らされた。

「ダメだ。断って。まったく、お義姉さんも迷惑な話、持ってくるよな」

「木下紘一なんて、雲の上の人だから、姉はすごいチャンスだと思……」

私に最後まで言わせず、きつく遮った。

「子供はどうなるの、子供は。十三と七つだよ。家に母親がいなかったら、道を踏みはずしかねない年頃だろう」

昭和六十一年当時、女性の社会進出は増えてはいたが、まだ、「家に帰ればお母さんがいる」という状況が普通のことだった。

「夏江、自分の立場を考えろよ。そんな下働きみたいな、たかがバイト。誰だってできるだろ。だけど、剛と建を育てることは、お前にしかできないんだ」

「そうだけど……」

夫は私をにらみつけた。

「子供の大切な時期に、母親が飛び回っていて、悪い仲間に入らないと保証できるか？　勉強しないどころか、学校に行かなくなるよ。この大事な時期に母親の義務も責任も放り出して、くだらないバイトするってか？」

子供のせいばかりにしているが、夫は「女は家にいろ」という考え方の持ち主だった。当時はこれが一般的だったのだ。

「お断り頂きます」

わざと他人行儀にそう言うと、またベッドにもぐりこんだ。

こうなると、もうどうにもならない。それに、子供を引き合いに出されると、反論できない。これから思春期やら進学やら、確かに面倒なことは色々と出てくるだろう。

もしも、それでもやりたいと言ったなら、たぶん、

「なら、おやり下さい。ただ、子供二人は置いて出て行って頂きます。いつで

も離婚に応じますから、思いっ切り下働きなさって下さい」

と言う。必ず言う。

それはできない。子供とは離れられない。喧嘩(けんか)してでも二人を連れて出られればいいが、私にはまったく経済力がない。

そして、夫が許さないことを、どこかで待っていた気もする。

「緑の指」は昔のことだ。家庭園芸の私は、木下チームの足手まといになるだろう。だが、やりたい。でも、できるか？　院長に恥をかかせないか？　だけどこのチャンス、逃したくない。揺れる中で、許してもらえないことが何よりだったのだ、たぶん。いや、そう思って諦めるしかなかったような気もする。

七十になった今、あの話を受けていたらどんな人生になっていたかと思う。

もしも、私に経済力があれば、

「子供二人連れて出て行きます」

と言えたかもしれない。バイトであろうと、それほどやりたい仕事だった。

むろん、シングルマザーになれば、苦労は想像以上だろう。

だが、私自身の人生を、頭ごなしに夫が決めた。私はそれに従った。おそらく、あの頃の女性の少なからずは、そうするしか生きる道がなかったと思う。

実家の母の、

「女も、子供を養えるほどの経済力は必要だよ。それがあれば、お母さんは子供二人連れて家を出ていたよ」

という言葉の重さが、今になってしみる。

そして想像する。もしも木下があの時、私の働きぶりや何かを認めたら、どうなっていたか。

バイトではなく、社員に迎えられたかもしれない。そこからやがて、木下の右腕になるのだ。そしてついに独立を許され、私は木下紘一を師とする女性造園家になる。おそらく、七十の今も若い人を育て、頼りにされていたに違いない。

いや、今になっていいことばかりを考えるのはよそう。そんなことは起こらない。よく働くシロウトは幾らでもいる。院長の推せんで採用されたとしても、六ヵ月でクビになっていたかもしれない。そのわずか六ヵ月の間に、子供二人が道を踏み外すこともありうる。

これでよかったのだ。そう、姉の言う通り、選ばなかった道は考えないことだ。せいぜい今度生まれたら……と思うのが平和だ。今度また生まれるなんてありえなくてもだ。

ある夜、老夫婦で並んでテレビを見ていると、電話が鳴った。

出ると安達だった。二十年前、泥酔した夫をタクシーで送り届けようとした安達だ。今も年賀状の交換だけはある。

「まあ、お久しぶりです」

「ご無沙汰しております。実は今日、常務だった川田が亡くなりまして」

「ウソ！　どうして……」

私は受話器を手でふさぎ、夫に伝えた。

「あなた、川田さんが亡くなったって」

「ええッ?!」

安達の話だと、川田は八十五歳になっていた。夫が七十二なのだから当然とから」

はいえ、考えてもいなかった。死因は、誤嚥性肺炎だったという。盆暮れの品は今もずっと送っているが、夫人からの礼状にはいつも「川田も元気にゴルフを続けています」の類が書かれていただけに、信じられない。

電話の内容を伝えると、夫は大きく息を吐いた。

「俺のために新宿警察に来てくれた時、六十代半ばだったんだなァ。バリバリの役員で、目をかけてもらったこと、思い出すよ」

あの夜、うちまで車で送ってくれて、「過剰に心配しないように」と言った。あの時に向けられた優しい目が浮かんだ。

「葬儀、あさってだって」

「えっ、あさってか。俺、ダメだ。蟻んこクラブの秋保温泉一泊とかぶる」

夫はどこか、嬉しそうだった。

「ちょっと、何言ってんのよ。あんなに世話になって、それにお仲人さんよ。蟻んこの温泉なんか断るに決まってるでしょ」

「断れないよ。全クラス合同で、特にジイサンバアサンは楽しみにしてるんだから」

「断って。みんなわかってくれるわよ」

「そうはいかない。夏江が行けば何の問題もないよ」

幾ら言っても、夫は頑なに断り続けた。

私はふと思った。夫は会社時代の仲間、同僚と会いたくないのではないか。だが、上司や同期どころか、部下の多くもとっくに定年を迎えている。あの中の何人が出世し、何人が華々しく生きたというのか。聞いたこともない。たとえ、そう生きた人がいたにせよ、一瞬のことで、今は誰もが同じような老境の日々だろう。

なのに会いたくないのだ。会えばみんなが、二十年前の「事件」や「部付部長」の部屋で飼い殺されていたことを思い出す。「あんなに将来があったのに」と噂される。温泉と重なったのは渡りに舟だったろう。

だが、そんなことはもはや過ぎた昔の話で、思い出す人も少ないはずだ。むろん、夫の気持はわかる。私とて彼ら彼女らと会いたくはない。「エリートつかまえたはずが、とんだ誤算よね」と腹の中で笑うのだ。

とは言え、夫婦二人ともが参列しないというわけにはいかない。

葬儀当日、黒のワンピースに真珠を合わせていると、秋保に出かける夫が寄って来た。

「なァ、香典だけど五万円くらいか」

「まさか。あのことでどれほど世話になったか。それも仲人よ。本当は二十万くらい包みたいけど」

「えッ？　二十？　二十？　二十ッ?!」

「本当はね。でも私たちも七十代で、ささやかなバイトと年金暮らしなこと、ご存じでしょうから……十ね」

「多いよ、多い。ご存じなんだから、五でいいよ」

「そう？　じゃ五にするわ」

ここで逆らうのはバカである。私はサッと夫に合わせ、彼は安堵の表情を浮かべた。そして、私は用意しておいた十を、トイレで包んだ。

もしも夫が一人で行ったなら、私が十の包みを持たせても、途中で五にするのは目に見えている。そして、

「お前は十って言ったけど、うちあたりじゃそんなに出せないよ」

と言うだろう。

いくら「最後に頼りになるのはカネ」でも、出すべきところでは出さないと、かえって失うものが大きかったりする。それにケチであり続けると、顔が貧乏神になる。

祭壇の遺影は、新宿警察に来てくれた頃の川田だった。精悍なのに柔らかな笑みで、参列の私たちに「ヨォ！」と言っているようだった。

案の定、会場には昔の上司や仲間があふれ、懐しい顔がそこかしこにあった。

この人たちと一緒に働いていた頃、私や幾人もが二十代で、係長は三十代前半、課長でさえ三十代後半だった。今、私たちは七十代、係長は八十代前半だ。八十代後半か九十代に入ったかという課長クラスの姿は、ほとんどなかった。

「経理にいたヤマさん、奥さんに死なれて施設に入ったってよ」

「ホラ、クーちゃんっていたでしょ。バレー部の。彼女、亡くなったよ」

会葬者から、そんな声もずいぶん聞いた。

時間が流れたのだ。よく人生は「あっという間」と言うが、ありきたりな常套句で実感がわかない。

人生は、信号が青から赤に変わるくらいの短さだ。人生のいい時は、さらに短く、青から黄に変わる一瞬だろう。

葬儀の後、七人ほどで女子会をやった。誰もが「年金暮らしだから」と笑い、近くのファミリーレストランに入った。

サラダバーでしこたまサラダを取り、ビールを飲む。七人とも六十代後半から七十代半ばだ。

名前は忘れたが、顔はぼんやりと覚えている元女子社員が言った。

「川田さんが死ぬなんて思わなかった。人は必ず死ぬんだね……」

同期の幸子（さちこ）と美江（みえ）が、大きくうなずいた。

「だから、生きてる間は楽しまなきゃダメなのよ」

「そうよ。新しいことに挑戦したり、色んなところに行ったり、趣味を極めたりね。やりたいこと全部やって死ななきゃ損よ」

そこから、七十以降をどう生きるかという話になった。みんなとても積極的だ。

「体が動くうちは、どんどん外に出ることよね。家ン中に引っ込んでるから老けるの」

「それもただ外に出るんじゃなくて、趣味でもボランティアでも、自分の力を役立てるの」

「実は私さァ、フラダンス始めたの。七十の手習いだけど、面白いのよォ」

ミユキがそう言うと、みんなが感嘆の声をあげた。私も手を叩いた。

「すてきィ！　絶対に日常生活の動作にも色気が出るよね」

表ではそう言っておいたが、裏では「その巨体じゃ土俵入りにしか見えないよ」と呆れていた。

誰もが口々に、

「やる気があれば何だってできるの」

「何か始めるってエネルギーいるじゃない。それを持つことが若さを作るんだよね」

まったく、アチコチの雑誌に書いてあるようなことを、よくこんなに力一杯に言えるものだ。聞いてる方が恥ずかしい。

私は「そうよ、そうよ」と同調しておいたが、私が好かないのは、こういう「前向きバアサン」だ。

逆に、エンディングノートだ、断捨離だ、樹木葬だ散骨だと言う「終活バアサン」にも閉口する。

私は「口には出さず、腹ン中で思ってろ」と言いたいが言うわけがない。その都度、今日は「そうよ、樹木葬よね」と同調し、明日は「年齢なんて関係ないわ」と、メンバーによって言うことを自在に変える。節操ゼロである。

サラダとビールをおかわりしながら、ミユキが大きな声で言った。

「よくフラダンスやるねってアチコチで言われたけど、自分は自分だもん」

「そうよ。今まで必死に生きて来たんだから、自分にご褒美(ほうび)あげて当然よ」

それを聞きながら、私は腹の中でまた思う。ご褒美は他人からもらってこそ嬉しいものだろう。バレンタインの高級な「自分チョコ」はおいしいにしても、別に嬉しくはあるまい。

「自分は自分」と口にすることからして、どこかで自分の劣位を認めていることが顕わになる。カッコ悪い。そう思っても口にしなければいいのだ。

前向きバアサンたちは、自分の生き方について口角泡を飛ばし、私や夫のことは聞きもしない。助かった。

ファミレスに入った時は、みんなに「今度生まれてもこの人生がいい？」と聞いてみるつもりだったが、やめた。きっと、

「そんなこと考えちゃダメよ。今の人生でまだまだ色々とやれるんだから」

「そうよ。夏江は七十でもう見切りをつけてるわけ？　ダメだよ、人間、何かを始めようと思った時が一番若いの」

と言われるだけだ。

「ごめん。今日、客が来るからお先に帰るね」

私はそう言うと、会費を置いて立ち上がった。みんなが、

「また会おうよ、きっとね！」

とか何とか言い、私は元気に、

「うん、必ずねッ」

と指でマルを作ったが、誰が会うか。みんなして前向きで陳腐な御託を並べてろッ。

家に帰ったはいいが、何もする気が起きないほど疲れ切っていた。前向きバアサンに食当たりしたのだ。

七十以上になると、趣味を楽しむかエンディングノートをつけるか、生き方はどちらかしかないのだろうか。本人がよいのなら、それでいい。

だからと言って、散骨に至るまでの年月を、どうやって過ごしたらいいのか。趣味に行き着くしかないのか。

たったひとつ、今にしてわかったことは、七十になってもできる「何か」を、若いうちから身につけておくことだった。趣味でも何でも、若いうちからだ。「前向きバアサン」は、とかく「アタシって好奇心が強いの」と言いたがる。だが、そんな前向きバアサンがどう言おうと、幾つからでもやり直せるわけがない。

母がかつて、

「生まれっ放しはダメだよ。家族のためじゃない何かを持つの」

と真剣に私を説いた夜を思う。もう五十二年もたつ。

「親の言うこと聞いていれば間違いないの」

七十になってわかる。他人から幸せをもらうことばかりを考え、何もできない七十になった今、わかる。

夫とて生身(なまみ)だ。何があるかわからない。現にあの「泥酔事件」で、私は大きく裏切られた。だが、一方的に男に人生を預けた自分が悪い。

夫が事件を起こしても、私に何か力があればよかったのだ。「私の出番よ。心配しないで」とでも言える何かを、身につけていればよかったのだ。

今さらながらだが、やはり造園や緑化を学ぶべきではなかったか。だが、そうしていたら和幸とは出会えず、結婚生活には恵まれなかったかもしれない。

何もかも仮定だ。ただ、持って生まれた才を試す前に、自分でフタをしたことだけは確かだ。

この年齢からカルチャーに入ったところで、「前向きバアサン」の手慰みの域は出るまい。

ならば、この先どうするかだ。新しい人生はない。となると、何も持たない七十歳が何をして、どう生きるのかだ。

答えなどあるわけもなかった。私はため息まじりに夫を思った。さんざん説き伏せようとしたが、頑として秋保温泉に行った。楽しく一泊し、明日になればご機嫌に帰って来るだろう。

私も蟻んこクラブに入り、夫と一緒に歩くのがいいのだろうか。一生を楽しく共にするには、夫婦で同じ趣味が一番いい。私が一番下のA組でも、夫は喜んでつき添うだろう。だが、そんなジジババとリュックをしょって歩きたくない。

もう考えたくもなく、テレビをつけると、「トモ子のトーク・トゥナイト」という対談番組をやっていた。ニュースに回そうとリモコンを持った時、「あれ？」と思った。画面にはダンディな紳士が映っている。この人、会ったことがある……気がする。

だが、この人気長寿番組に出るのは、一流の有名人ばかりだ。そんな人、私が会っているわけがない。でも、見たことがある……。

突然、気がついた。

小野だ。会社の園芸部で一緒で、私に手痛く振られた小野敏男だ。
どうして？　リモコンを持ったまま、私は呆然と画面を見ていた。

第四章

よく似た別人だろうか……。

もう五十年近くも会っていないのだから、別人かもしれない。いや、どう見ても小野だ。だが、小野は郷里の北海道に帰ったはずだ。なぜテレビに……。

番組ホステスの春野（はるの）トモ子と挨拶をかわす小野に、テロップがついた。

「造園家　山賀（やまが）敏男」

やっぱり小野だ。「造園家」と「敏男」だから間違いない。だが、なぜ「山賀」なのか。養子にでも入ったのだろうか。

「今夜のお客様は、造園家の山賀敏男さんです。ずっとロンドンを拠点に、バラの専門家として世界的にご活躍されてきましたが、このたび、ルーツである札幌の拠点に戻られました。山賀さん、お帰りなさいませ」

札幌か、間違いない。小野だ。ロンドンが長かったのか。結婚後は園芸の雑誌を開くことはごく稀だった私である。まして「山賀」の名では気づかなくて当然だ。

小野は一目で高級カシミアとわかるベージュのセーターに、仕立てのいいヘリンボーンのジャケットを合わせていた。丸首のセーターから、ほんの少しアスコットタイをのぞかせている。手入れが行き届いているグレイヘアも、六十八歳をダンディな英国紳士に見せていた。

トモ子はメモを読み上げながら、小野、いや山賀の仕事ぶりを讃えた。

「一九八五年に日本造園大賞、一九九五年には国際バラコンクールでグランプリ、そして本年、世界最高賞ともいえるエリザベスアワードで最優秀賞を受賞されました。これは日本人初の快挙であり、今や世界屈指のバラの作り手です」

……どうしてこうなったのだ、小野は。どうして。大企業の目立たない高卒社員から、なぜこうなったのだ。私に好意を寄せ、簡単に振られた小野がなぜ。

「山賀さんは、小さい頃からバラがお好きだったんですか」

「いやいや、僕は北海道の商業高校を出た後、東京の平新電器に入社してるんです」

私の体が固まった。やっぱり……。

「祖父が趣味でバラを育てていましてね。いや、単なる日曜園芸家です。ただ、よく手伝わされて、多少の興味はありました。ですから、会社では園芸部に入ったんです」

あの小野がどうして……。そればかりを思った。

「その後、北海道へお帰りになった」

「そうです。平新には三年ほど勤めました」

小野は北海道で、グータラな生活を送り、仕事もせずに麻雀(マージャン)とパチンコに明け暮れていたと言う。親が心配して小言を言うと、

「無視ですよ。口なんかききません」

と大真面目に言った。

「今の山賀さんからは考えられませんけど、どうしてそんな生活になったんで

すか」

「若かったですし……」

小野はわざとらしく臭いセリフを吐いた。

「東京で恋に破れましてね」

「ま！　物語みたい！　傷ついた心を癒やしてくれるのは故郷の山や川だと」

「そんなロマンチックな話じゃありませんって。社会の現実を見たんです。その彼女、エリートと結婚しましてね。その時、思い知らされました。彼女の選択は当然だと。僕は高卒で、何の将来もないんです。僕が女性だとしても、あっちを選びますよ」

私のことだった。

「それで北海道にお帰りになった」

「はい。二十一歳になったところでした。東京の大企業にいても、将来はないって身にしみて。帰ったところで何もないんですが、帰れば何とかなるって」

「故郷って、なぜかそう思わせるんですよね」

「ええ、根拠もないのにね」

「わからないものですね、人生って。恋に破れなければ、今の山賀敏男はなかった」

「何せ二十一歳の若さですからねえ、それも昔の純な二十一歳ですし」

自分でも息がつまってくるのがわかった。

「大企業を退職するのは恐かったですよ。勤めている限り、将来はなくても生活の保証はありますから」

「それでも故郷へ帰る道をお選びになった」

そういうことだ。先はないが安定している道と、故郷ではあるが何のアテもない道。小野は一方を選び、今の地位を築いた。私とうまくいっていれば、将来もないかわりに安定した小市民の人生が約束されていただろう。

「僕も札幌で働き口を見つけなきゃなとわかってるわけです。だけど、学歴も特技もないですし、グータラしてるのって、慣れると天国なんですよ」

「どうしてそこからバラに?」

「自宅の庭で、立ちションベンしたんです」

「はァ?!」

「祖父母も亡くなって、庭は荒れ放題です。札幌でも奥ですから、かなりの広さがあったんですけど、もう雑草が生い茂って。人の背より高いものが風にザワザワ鳴って。両親も兄も園芸にはまったく興味がありませんので、業者を呼んで根こそぎ抜こうと考えていたようです。僕も庭なんかどうでもいいですからね」

「で、立ちションベンなさった」

「立ちションベンと『なさった』って全然合いませんね」

トモ子は大笑いし、小野も笑った。

「僕はなさった後、雑草をかき分けて母屋(おもや)に向かったんです。そしたら雑草の中に、小さな赤いものが見えたんですよ。バラでした」

「バラ?!」

「ええ、亡くなった祖父と僕が大昔に育てたバラが、野生化して、雑草の中で小さな花をつけていました」

小野はそれを見て「泣いた」と言った。

「そうだ、俺には日曜園芸程度なら知識がある。唯一の取り柄じゃないかっ

て。それで札幌の北斗園芸でアルバイトさせてもらって、そこから正社員にな
って」

「北斗園芸は北海道で一番大きいんですってね。それどころか、もっといいこともおありだったんですよね」

「いやァ、もっといいことかどうか、わかりませんけどね」

「いいことですよ。北斗園芸のオーナー社長のお嬢さんと結婚された」

「うちは兄が二人いますし、あっちは一人娘ですから婿に入ったんです」

やはり、それで「山賀」か。

オーナーは徹底的に鍛えてくれたという。

「お婿さんに、大きな素質をお感じになったんでしょうね、お義父様は」

小野は手を振ったが、その通りだろうと思う。

プライベートはさらにショックだった。

「妻は僕より二つ上なんです」

私と同い年ではないか。(70)か。

「妻はずっと、桜を専門にやっていたものですから、僕はいっそ樹木医になれ

って勧めました。で、彼女は五十歳の時、樹木医になりました」

樹木医に……。夫が勧めたのか……。五十歳で試験を受けたのか。

同い年の私は、その頃、何をやっていただろう。シンガポールの現地法人社長になる夫に喜び、「ああ、この結婚は正しかった」と誇っていた頃だ。そして、夫が事件を起こし、部付部長になった頃だ。

今、小野の妻は老木の桜をどうするかなどで、樹木医として多くの市町村に関わっているという。

「息子さんもお父様を継いで、バラとか」

「まだまだ、何もできませんよ。でも正直なところ、同じ道に入ってくれたのは嬉しいですね。父親を職人として、少しは認めたのかな……とね」

「またまたウソばっかり。番組では奥様にビデオレターをお願いしたんですよ」

「ええッ？」

画面に妻が出た。私はサッとうつむいた。一瞬目に入ったが、ショートヘアのシャープな感じの女だった。とても七十には見えない。見たくない。妻の声だけが聞こえてくる。

「主人は息子が生まれた日から、何としても三代目にするって。花や緑が好きになるよう好きになるよう、もうみごとに仕向けてました。小さい頃からああやられると、サッカー選手も野球選手もないんですよ。花や緑の道に入るんだって、自分で決めるんですね。主人の完全な洗脳勝利です」

カメラがスタジオに切り換わると、私は目を上げた。小野は「参ったな」というように苦笑していた。

トモ子は何気なく聞いた。

「山賀さん、また次に生まれても、この人生を送りたいとお思いでしょ？」

小野はすぐにうなずいた。

「はい。でも、今度生まれたら、もっとうまくバラを育てますよ」

いい笑顔を見て、この人は本当に幸せなのだと思った。

私はそこまで見て、スイッチを切った。これ以上は知りたくない。

おそらくこの後、トモ子は妻子に話を振るだろう。樹木医の妻の話など聞きたくもない。若き三代目の話もだ。

なのに、私はパソコンの前に座った。「山賀敏男」を検索する。三十代半ばと四十代半ばに、英国式庭園を学ぶためにイギリスに留学していた。四十代の時は妻と一緒だった。

パソコンは次々に、情報を表示していった。作業着姿でイギリス人とバラを見ている写真や、関係した仕事の数々、受賞歴などが続く。流暢な英語で講演する姿もあった。

何もかも知らないことだった。あの小野がこんなにも活躍していたのか。

確かに園芸部での腕はよかったが、しょせん素人集団だ。それにあの時点では私の能力の方が上だった。それは小野はもとより、園芸部の誰もが認めるところだったと思う。

もしも、もしもあの時、私が和幸ではなく、小野を選んでいたらどうだっただろう。今のように「老人は趣味をあてがわれるしかないのか」と嘆き、焦る七十歳ではなかったのではないか。

私は夫である小野に勧められて樹木医になり、今もアチコチから頼りにされていたかもしれない。夫がイギリスに留学する際は、妻として一緒に行っただろう。夫婦でバラを学び、夫婦で夜中まで議論したのではないか。

そう考えて、さすがに笑った。小野は私とうまくいっていれば、北海道には帰らなかっただろう。当然ながら北斗園芸に勤めることもなく、英国留学もない。

おそらく、平新電器で定年を迎えた。課長くらいにはなっていただろうか。和幸より給料は低いのだから、どこか遠くに狭いマンションでも買っていたかもしれない。

私は和幸を選んで間違いなかった。万が一にも、いや、万に一つもないが、もし小野を選んでいたなら、二人して小さく穏やかに暮らして七十歳になっていただろう。和幸がもたらしてくれた幸せなど、小野には無縁なのだ。

私はパソコンを閉じ、口に出してつぶやいた。

「人生には絶頂もあるし、奈落もあるの」

そう言い聞かせながら、いや、そう言い聞かせるしかなく、ベッドに入った。眠れなかった。

目をつぶっても、暗がりで目を開けても、テレビで見た小野が消えない。パソコンで見た活躍ぶりが消えない。

会ってみたい。

北斗園芸を調べれば、すぐ連絡がつくだろう。向こうも驚き、喜んで応じるのではないか。私は洗練された着こなしで行き、「テレビを見て懐しくて」と笑顔で言えばいい。

心のどこかに「私に仕事を紹介してくれないだろうか」という思いもあった。決して物欲し気に言わず、

「猫の手も借りたい時は言って。この猫、何かお手伝いができるかもよ」

とサラッと言えばいい。

私は夫として、エリートの方を選んだのだ。豊かで幸せな状況を見せることは必須だ。選んだ夫は、リュックを背負って蟻んこに生き甲斐を見出しているなんて、絶対に匂わせてはならない。

私は七十になってさえ、小野にとっては「カッコいい今井さん」でいなければならない。夫と共に生きたことで、若い時よりさらに深みを感じさせ、洒落(しゃれ)て垢(あか)抜けていなければならない。

その自信はなかった。樹木医として現役の、あのシャープな妻は、きっとそんな女だろう。小野は妻と同い年の私を見て「ああ、今井さんはこうなったか」と幻滅するかもしれない。

それだけは絶対にさせない。夫が気の毒だ。小野は内心、「あのエリートは何をしてたんだ」と勝ち誇るかもしれない。

そう思われたくはない。内心で思うだけでも許せない。夫は不運なだけで、小野なんかとは比べられない人なのだ。

会おうという気は失せた。

それでも、ため息ばかりが出る。どうして小野がああなって、どうして夫がこうなるのだ。何と理不尽なことか。

明け方近くに、眠気が襲ってきた。


昼過ぎ、夫は生き生きした表情で秋保から帰って来た。

「イヤァ、くたびれたけど面白かった。ほらお土産」

五百円くらいだろう。薄い紙箱に入っているのは、聞いたこともない菓子だった。

「買う時間がなくて、あわてて買ったもんで。それにしても、仙台駅きれいになったよ。みんなであちこち見て回っちゃったよ」

「歩くケチ」が見栄を張る。仙台駅はお土産の宝庫だ。ずんだ餅、笹かまぼこ、牛タン、銘菓等々、どんなにあわてていても、うなるほど目に入る。あちこち見て回る中で十分買えるだろう。

「時間がない中、お土産なんていいのに、ありがとう！」

と言っておく。夫婦円満の秘訣だ。夫はもう一箱出す。同じ菓子で、こちらは千円程度の大きさか。

「これ、隣りに。先週、俺がカギ忘れて家に入れなかった時のお礼」

千円らしき箱を手に、私は声もなかった。五百円よりはアップさせたのだろうが、チャチな紙箱は同じだ。隣人は夫を家にあげてくれて、茶菓でもてなしてくれたのだ。話し相手になって、私が帰るまで待たせてくれた。私は明日、せめて二千円くらいのものを買ってくるつもりでいた。

どんな心遣いをされようが、ハンで押したように千円ですまそうとする。私

は笑顔で、

「明日、届けておくね」

と言ったが、もちろん届けない。チャチな千円箱では、ここに住んでいられなくなる。幾ら「夫婦どちらかがいなくなれば、最後に頼りになるのはカネだよ」でもだ。

ふと、また小野を思った。どんな暮らしかわからないが、これほどの倹約家ではあるまい。五百円と千円の小箱二つは、中学生の修学旅行土産のようだった。

風呂からあがった夫が、りんごジュースを飲んで「プハーッ」と感嘆している。「プハーッ」はビールのものだ。りんごジュースに使わないでほしい。

「あなた、どうしてそんなに蟻んこクラブに熱心になれるの?」

「うーん、ね」

夫はそれ以上は答えなかった。

こういう場合、とかく世間では言うものだ。「さんざん会社で上下関係に気を遣い、我慢に我慢を重ね、神経をすり減らして来たから、こういうしがらみのない関係が心地いいのだ」と。

それはどこか「人間に年齢は関係ない。幾つからでも挑戦すべき」と言うのと同じような、突っ込みようのないお約束の正論を感じさせる。

夫は毎日プールに通ってまでして、蟻んこクラブを生活の一部にしている。なぜそうできるのか、私には見当もつかない。ワンゲルで活躍した若い日々に戻れるからだろうか。

夫は「うーん、ね」以外は答えなかった。


年が明け、二〇一八年もあっという間に初夏になった。私は年内に（71）だ。面白いもので、（70）の時のショックはまったくない。

チャイムが鳴り、出ると姉とミキだった。

「ごめんね、突然」

「あらァ！　あがってあがって」

昨年、小野のテレビを見て以来、整理のつかない気持を姉に話したいと思っていた。だが、話せるわけがない。どれほど呆れられ、バカにされるかわからない。

以前に「今度生まれたら」と言っただけで、きつく諭した姉だ。「逃がした小野は大きかった」などとジョークで言っても怒るだろう。「そういう考えは、自分だけでなく夫や家族を否定することになる」と、もっと怒るだろう。

「ごめん、今日はあがってられないのよ。これから新宿で飲むの。シンちゃんに臨時収入があって、おごってくれるんだって」

シンちゃんはミキの夫だ。姉が嬉しそうに言う。

「シンちゃんは休みごとにうちに来て、芳彦と将棋指すでしょ。それでうちでゴハン食べてうちでお風呂入って行くもんだから、お礼だって」

するとミキが、紙袋からペパーミントグリーンのサマーセーターを取り出した。

「これ、ナッツのために編んだんだよ。これから着るのにいいでしょ」

「えッ?! ミキが?」

誇らしげに姉が、

「そうなのよ。もうずっと編み物習っててうまいのよ」

と、自分の着ている淡いグレーを示した。

「で、ミキがママも一緒に習おうよって誘うし、私も通い出したの」

「お姉ちゃん、そのグレーの、自分で？」

「まさかァ。私なんてまっすぐなマフラー編むのに四苦八苦だよ」

「ママ、見栄張んないの。ナッツ、ママはね、腰ヒモ編むのが精一杯。才能なし！」

「ほっといてよ。ミキは芳彦にも編んでくれてさ、これがサーモンピンクよ。だけど似合うんだわ、ダンナに」

「妻がグレーで、夫がピンクって何かすてきでしょ。二人で並んで居酒屋とかに出かけるの、すごくいいよ」

私はきれいなペパーミントグリーンを胸に当てながら、

「いいね……お姉ちゃん、うらやましいよ」

とつぶやいていた。するとミキが声をあげた。

「そうだ、ナッツも編み物やらない？　三人で行こうよ。ママの腰ヒモ見てりや、誰だって自分は才能アリだと自信持つよ」

つい「うらやましい」と言ったのは、そんなことじゃない。娘がいる姉がうらやましかったのだ。

娘は結婚しても実家が大切なものだ。父や母を気にかける。母親とは友達のように何でも話し、一緒に買い物に行ったり、習いごとをしたり、旅行したりする。父親の淋しさにハッと気づき、「パパも行こうよ」と気を配る。

その上、娘の夫というものは、いつの間にか籠絡(ろうらく)される。妻の実家が心地よくなったりするのだ。将棋であれゴハンであれ、自分の実家より、日常の中に入りこむ。

息子はそうはいかない。剛は妻子と幸せにやっているのだろうが、いつだったか、孫娘の梢(こずえ)からメールが来て、

「先週、パパとママとハワイに行ってました」

と写真が届いた。息子からも嫁からも、事前には何の連絡もなかったが、これでいいのだと思う。

淋しくはあるが、息子が実家べったり、母親べったりでは夫婦がうまくいか

なくなる。

そうわかりつつも、娘が一人いたならどれほど楽しく、心強かったか。姉を見るたびに、そう思う。

私は新宿に向かうという母娘を、小野のことなど口にもせず笑顔で送り出した。

今度生まれたら、娘が一人ほしい。また「今度」か……と自分で笑った。

そして、気づいた。こっちから息子を誘えばいいのだ。「たまにはママがごちそうする」とか言って、呼び出せばいいだけではないか。

人生が理不尽なことに対しても、小野のことに対しても、息子は娘とは違う反応をするのではないか。そうだ、たまには息子たちと会おう。話題を考えると、夫が不在の日がいい。

こうして、剛と建を新宿のイタリアンレストランに呼び出した。夫が「蟻んこクラブ」のミーティングだという夜を狙った。

「二人によろしくな」

夫はそれだけ言うと、足取りも軽く出て行った。

先に着いた私がテーブルで待っていると、剛と建がそろって入ってきた。

見惚(みと)れた。この二人が我が子なのだ。四十六歳と四十歳、働き盛りの体にスーツがよく似合う。もともと二人とも優秀であり、顔もスタイルも悪くない。その上、一流企業のエリートだ。正直、少しうっとりした。

「久しぶり、二人とも」

「お待たせ。何だよ、急に」

と笑顔で椅子を引いた姿に、ああ、娘よりいいかもと思った。この四十代の堂々たる男二人を私が産み、育てたのだ。

ビールで乾盃(かんぱい)の後、剛がワインリストを見て注文した。

剛は家族でドイツの工業都市シュトゥットガルトに出向していたことがある。ワインには詳しい。

出発の前、十歳の梢を連れ、剛と理沙が挨拶に来た。あの時、理沙が、

「二人ともワインが好きなので、ドイツワインはもちろんですが、フランスやイタリアのものも色々と飲んで来ます。ね」

と、剛を見つめた目を思い出す。

剛はつきあっていた頃、私たちに理沙を紹介した。その時、剛を見る理沙の目に、必死に落とそうとしていることがすぐにわかった。かつて、私が和幸を見ているのと同じ目だったのだ。

ワイングラスを手に、建が聞いた。

「何か用があって呼び出したんだろ。何？」

私は手を振る。

「何もないわよ。たまには母子の食事もいいかなって。パパは蟻んこクラブ以外のこと、全然頭にないからね」

「ママは蟻んこ未亡人か」

いい男たちに「ママ」と呼ばれるのは、何だか悪くない。

「ママも何か始めればいいんだよ。何かやりたいことあるだろ」

「特にない」

「そりゃいけませんな。な、建」

「いけません。もったいないよ、まだ七十かそこらで」

「自分でも七十代なんてすっごく若いと思う。八十代、九十代で色んなことやってる人、いっぱいいるものね」

「そうだよ。マジ、若いよ。七十代は」

「でもね、やっぱり世間は高齢者として見るのよ」

「だけど今、七十まで仕事につかせるって、政府も考えてんだよ。若いからだよ」

「人生をリセットできるほど若くはないよ」

二人は黙った。

「この間、テレビで見たの。ママが若い時に振った男がすごい立派になっててね」

建が大口を開けてパスタを食べる。

「そうか、その男と結婚してりゃよかったってか」

「まさかァ！　ただ、パパがあんな辞め方するしかなかったのは、理不尽だったなァって」

と笑いとばした。あの時、そっちの道を選んでいればどうだったか……とは口にしない。

「それって、理不尽っていうより、自業自得だろ。パパはとっくにそうわかってるよ。ママも愚痴ったところでしょうがないよ」

「あんた達はそう考えるよね。人生、絶頂期の入り口だもん。今は何もかもゴンゴン進んで、理不尽な目にも遭わないからね」

「うん、確かに」

そう答える剛に一瞬、ほんの一瞬、「間」があったような気がした。だがそれは、剛と建がチラッと顔を見合わせた「間」だったかもしれない。

「そうだ、ママさ、ギターやれよ」

唐突に建が言った。

「ギターなんてさわったこともないし、別にやりたくないわ」

「やってみろって。俺がいい先生を紹介するから。ハマるよ」

建は高校生の頃からギターに夢中で、大学では「フラメンコギター同好会」に入った。

ギターには色々と種類があるそうだが、フラメンコギターは情熱的な踊りに合わせて激しくかき鳴らすらしい。

「うちの会社は副業許すからさ、俺は今も月に二回、スペインレストランで演奏に加わってるんだけど、その中にギター教室やってる人がいるんだよ。ママ、やってみろって」

「その気ない。七十でゼロから始めたって、結局はヘンな悪目立ちのバアサンよ。なのに、まわりは必ずほめるんだよねえ。『元気をもらったわ』とかさ。お得意の『人間に年齢は関係ないわ』とかさ。引っ込んでろっての」

剛が二本目のワインを注文し、私を見た。

「つまり、趣味じゃなくて、何かのプロになりたいわけ?」

「……そんなこと考えてないわよ」

(70)から何かを始めて、プロになれないことは十分にわかっている。

「じゃ、どうなりたいわけ?」

言葉に詰まった。高校三年生からの人生をリセットし、選ばなかった方の道を選んで生きてみたい。そんなことは言えるわけがない。

「建に紹介してもらって、ギターやるのはいいと思うよ、俺も」

「だろ。どうせ同じバアサンなら、悪目立ちバアサンの方がカッコいいよ。教室の発表会では、色っぽいダンサーの踊りに合わせて弾くんだってよ。若返るよ」

急に剛が大真面目に言った。

「『人間に年齢は関係ない』って、ホントなんだよ。七十からフラメンコギターやるのは、結晶性能力だな」

聞いたこともない言葉だった。

剛が言うには「結晶性能力」とは今まで生きてきた中での経験や、学習などによって、すでに身についている能力だそうだ。理解力や洞察力など、人生経験によって培われる能力だという。

「これはさ、年齢と共に上昇して、年を取っても衰えにくいんだよ」

建が待ってましたとばかりに声をあげた。

「それだよ、それ。フラメンコギターは若くて指が動きゃいいってもんじゃないの。弾き手の人生が演奏に出るんだよ。シャンソンもそうだろ。若くて声量がありゃオッケーじゃないだろ。それだよ、結晶ナンタラだよ」

「そういうこと。長く生きてりゃ、思うようにいかないこともあるよな。それを乗り越えたりすると、それが能力として身につく。これは若いヤツらには希薄な能力なんだよ」

おそらく夫の事件も、そして七十では人生のリセットはできないという現実も、あっちの道を選べばよかったかという動揺も、すべて私の「結晶性能力」になっているということか。

「もうひとつの『流動性能力』ってのは、三十歳くらいから下降する能力だよ。瞬発力とか直感力とか、処理するスピードとかの能力」

年を取れば取るほど、結晶性能力が蓄積される。それは確かに、人間に年齢は関係ないということと重なるかもしれない。幾つになっても何かを始められるということだ。

「だからと言って、ママはフラメンコギターをやる気にはなれないなァ」

「ならしょうがないけど、何か趣味を見つけろって。趣味のないジイサンバアサンより、仲間を作ってそれにのめり込むジイサンバアサンの方が、ずっと楽しい老後だと思うよ」

「前にも兄貴と話したんだけど、パパは本心ではママにも蟻んこに入ってほしいんだと思うよ」

剛も大きくうなずいた。

「俺もそう思うね。もうプロにもなれない、人生のリセットもできない年齢だって言うんならさ、夫婦二人で楽しむ何かをやるんだよ。カメラなんてどう？」

「カメラ？　何でカメラよ」

「ワンゲルのトレーニングとか、トレーニング場所の風景とかを写すんだよ。いつも一緒に出かけて写すんだから、夫婦共通のいい趣味だと思うけどなァ」

「そうだよ。七十過ぎてから夫婦で動く。それこそ人生のリセットじゃん。夫婦の正しいあり方だな、うん」

「まったく、剛はまだしも、四十の今も独身の建に、夫婦のあり方、説いてほしくないよ」

建はケロリと答えた。

「俺、結婚に向かないの。俺の子供見たいとか、ありえないこと言うなよ。孫は一人いりゃ十分だろ。兄貴ンとこの梢、可愛いしさ」

剛がつぶやいた。

「そうだよ。向かないことは無理にやるな」

建がまた、チラッと剛を見た気がした。

「だけど剛、やっぱり理沙さんの手料理を家族で囲むって幸せでしょ」

「そうだけど、料理は妻の分野って言うこと自体が古いんだよ。今は町のどこにでもメシ食わせる店があるし、プロの味の方がいいって人もいるしな」

「それ。俺、シロウトの手作りよりそれ！　バアサンが料理なんか趣味にして、しょっちゅう呼ばれて食わされちゃ拷問だ」

「ほめなきゃなんないしな」

「だからギターバアサンの方がマシだって」

ああ、やっぱり娘がいいかもしれない。息子とはこういうものなのだ。小野のことをチラッと話しても「愚痴ったところでしょうがない」で一刀両断。趣味だけのバアサンになりたくないと言えば、「料理バアサンよりギターバアサンの方がマシだ」でオシマイ。

だが、私自身もこれからどうなりたいのかはハッキリしない。ただ、バアサンには趣味をあてがっておけという風潮が不快だ。前向きバアサンとしてもてはやされて、都合のいい風潮には乗りたくない。

死ぬまでの間をどうすればいいのか。腹をくって考えなければならない。さりとて、答のカケラも思い浮かばなかった。

数日後、ミキから電話があった。

「神田で高梨公子の講演会があるのよ」

「えーッ、行きたい」

「でしょ。ナッツが前に高梨公子の話してたこと思い出してさ。私は行けないんだけど、申し込んでみたのよ。女性百組限定で無料だっていうから、当たりっこないと思ってた」

「当たったのッ?!」

「当ったたの。ママと二人入れるよ。再来週の火曜日だけど、行ける?」

行けるも何も、パートも契約が切れて、毎日ヒマだ。

あの高梨なら、きっと「前向きバアサン」とも「終活バアサン」とも違うヒントをくれる。

「ミキ、ありがとう。よく応募してくれたね」

息子たちにはありえないことだった。

その日、神田の淡路会館の正面には、

「人生百年をどう生きるか
　弁護士　高梨公子講演会」

という看板が立ち、続々と女たちが入って行く。六、七十代が多そうだ。

開演よりかなり早く来たというのに、すでに三分の二は埋まっている。私と姉は、何とか隣り合わせの席に着くことができた。

司会の若い女性が高梨のプロフィールを紹介した後、招き入れた。

その姿を見るなり、会場からどよめきが起きた。それほどに、ナマの高梨はすてきだった。

顔には相応のシワもたるみもあるが、濃紺のジャケットが色白を際立たせている。濃すぎず薄すぎずのメイクは、アイラインも入っており、プラムのような色の口紅もいい。ショートヘアに大ぶりなイヤリングがよく似合う。ネイルもきれいだ。

七十に見えると言えば見えるが、六十にも見える。まさに年齢不詳のカッコよさだ。姉が隣席から、

「とても山高出身とは思えないね」

と囁いた。その通りだ。間違いなく、山高の出世頭だろう。

「高梨公子です。わざわざおいで下さいまして、ありがとうございます。今日は人生百年とされる今、どう生きたらいいのか。日頃、私が考えていることをお話ししたいと思って参りました。これは講演テーマなどというだいそれたことではなく、私自身の問題なんですよ。何せ私も七十歳ですからね。今日も膝が痛いこと痛いこと」

会場から笑いが起きる。私もちょっと安堵した。こんなに颯爽とカッコよくても、やっぱりアチコチ痛いのだ。年齢を感じているのだ。(70)なのだ。

「まず私自身が肝に銘じていることがあります。人生百年の今、たとえば前期高齢者の六十五歳なら、残り三十五年もある若さです。後期高齢者の七十五歳なら、残り二十五年。二十五年って、生まれたばかりの赤ん坊が、親になっていても不思議はない歳月です。三十五年となれば、ビービー泣いてた赤ん坊が、課長になって部下に指示していますよ」

会場から「オー」と声がもれた。

「前期高齢者とか後期高齢者とか、それはまったく意味をなさないことです。もちろん、百歳近くなれば心身共に不自由になっても来ます。でも、そこに至るまでの年月を、エンディングノートや断捨離中心では、あまりにもったいないですよ。今日から具体的に考え、動いて下さい。私と同じ七十歳の方々は、かなりまとまったことができますよ。まだ三十年あるんですから。それが自分自身を元気にして、周囲をも力づけたりする。私がいいと思うことの一部をご紹介しますね」

高梨はプロジェクターでスクリーンに映した。

1．学校に入り直す

2．ボランティアをやる
3．各種の資格・検定を取る
4．まったく新しい趣味を始める

「1から4まで、よく言われており、耳にタコでしょう。だけど、よく言われるのには根拠があるんです」

1の「学校」は強烈な刺激だという。

「おそらくこれは、皆さまが考えているより遥かに大きい。私が客員教授をやっている大学、大学院にも社会人学生が各学部にいますが、知らないことを教わる刺激、それも専門の学者からです。そして、若い学生と親しくなる刺激で、目に見えて若く、表情が変わります」

そして、スクリーンにアレキサンダー大王の写真とか、鎌倉時代の仏像とか、紫式部（むらさきしきぶ）の姿とか、ダリやミケランジェロの作品とかを、次々に映し出していった。

「日常生活では、アレキサンダーともダリとも無縁です。名前さえ忘れてると思いますよ。でも、学校に入り直すと紫式部もミケランジェロも専攻できる。

アレキサンダーがどんなに大きなことをしたかもわかる。もうご近所とうまくいかないとか、夫が不倫したとか、小さいことだと思えたりするんです」

笑い声があがる。

「私は、日常生活からかけ離れたことを学べとお勧めします」

そう言って、みんなを見回した。

「現役の学生なら、就職に有利とか結婚に役立つとかを第一に考えて、やりたいことは後回しにもなる。でも、皆さんなら好きなことを専攻して、思いきり学べるんです。生物でも数学でも彫刻でも何でも選べます」

2のボランティアは自分に誇りを与えると言う。自分が必要とされている実感だそうだ。

「年取ったからこそできるボランティアって、間違いなくあります。とても多くの方々が実際にやっています。保育園や図書館などでの読み聞かせとか、園児の世話をサポートするとか。子供食堂のお手伝いも、また、生活が苦しい家庭の子の勉強も見てあげられる。大きな病院では、案内役も高齢のボランティアが多いですね」

３に関しては、実際に京都検定と英語検定を取った七十代の友人の話をした。若いガイドより好まれる場合もあり、そのボランティアで忙しいと言う。

「次に４の『新しい趣味』ですが、皆さん、どんなことでも、死ぬまでにやっておかないと後悔すると思う何か、あるいはまったく新しい何かが、ひとつはあるでしょう。多くは趣味とかスポーツだと思いますが、それをやるんです。今から」

姉が隣りで深くうなずき、熱っぽく高梨を見ている。

「先日、七十代の大女優が、とても美しくて知的で、男性からも女性からも憧れられる方なんですが、死ぬまでに空手をやりたいとおっしゃった。空手と結びつかない彼女が、まったく新しいそれをやるならば、ものすごく自身を豊かにしてくれると思いますね」

真剣に聴いている人たちを前に、高梨は一息ついた。そして断じた。

「その際、年齢は考えないこと。七十なら七十の、九十なら九十のやり方がありますし、相談すれば、それに合わせて教えてくれる人が必ずいます。体調や体力が不安ならそれも相談することです。すべて、具体的に考えること。そして、動くことです」

さらに、そういう場で多くの友人を作る大切さを語った。とかく高齢者は家にこもるようになるが、共通の趣味を持つ友人ができれば、外に出て世界が広がる。それが内面はもとより、外見をも一変させるという。

「ご夫婦で一緒にやれば、もっといいですね。何組かの夫婦で、忘年会やったりは楽しいですよ」

姉はメモに赤いアンダーラインを引いたりして、熱心に聴いている。

私はと言えば、「高梨公子ってこんなにつっまんねー女だったのか」と思っていた。来るんじゃなかった。時間の無駄だし、来なければ高梨に幻滅もしなかった。

拍手の中、講演が終わり、司会者が言った。

「人生百年を最後までどう生き切るか、みなさま、参考になるお話だったと思います」

さらに大きな拍手がわき起こった。

「少しでもお役に立てれば嬉しいですね。何かご質問があればどうぞ」

と、高梨は演台の水を一口飲み、余裕の笑顔を見せた。

私は手を挙げていた。そして立ち上がった。

「期待していたお話とは違っていて……少し残念です」

忖度ばかりで来た私に驚いたのだろう。姉が、何を言い出すのかと私を見上げ、会場内は静まり返った。

第五章

私は高梨に一礼し、丁寧に言った。

「佐川夏江と申します。七十歳の専業主婦です。先生のお話で勇気が出たり、力が湧いてきたりという人は大変に多いと思います。私もメディアを通じてですが、先生のご意見や生き方を知り、どれほど刺激を頂いたかわかりません。ですから今日は、他の有識者の方々とは違う視点でのお話が伺（うかが）えるのではないか。そう思って参りました」

高梨は目に穏やかな笑みを浮かべ、私の言い分を聞いている。

「今日、先生がおっしゃったことは、色んな雑誌や講演などで、多くの方々が語っておられ、確かに耳タコです。特にシニアに向けては、『年齢は関係ない』『まずは始めてみること』『何かを始めようと思った時が一番若い』というような教えが多い気が致します。これらはその通りであり、シニアを励ます正論だと思いますが、よく考えますと具体性に乏しいんですね」

我ながら、何と穏やかで優しい言い方だろう。本音では「誰も彼もハンでおしたような常套句ぬかして、聞きあきたわい」である。

こんなに穏やかに言っているのに、隣席の姉が「もうやめなさい」と私をつつく。無視だ。

「高梨先生は、人生のラストをどう生きるか、もう少し具体的なお話をされるのではないか。そう思って参りました。先生は『具体的に考え、動け』とおっしゃって、四つの例をあげられました。それはその通りですが、言い古されたことばかりです。もっと別の視点から具体的な生き方を示して頂けるかと期待しておりました」

姉は諦めたのか、もうつつかず、他人のような顔をしている。

「私は『人生百年』というのはシニアへの殺し文句に過ぎないように思えてならないんです。おそらく、そうおっしゃる方々も、本音では『人生百年はないよ』と思われているのではないでしょうか」

高梨が答えた。

「なるほどね。でも今、間違いなく人生は百年時代なんですよ」

「はい。でもそれは、人間が百歳まで息をしていられる時代になった、というだけのことだと思うんですが……」

姉がまた、私のスカートを強く引っ張る。払いのけた。

「多くの場合、百になる前に病（やまい）を得たり、身体（からだ）や頭がまっとうに働かなくなると思います。もちろん、百を超えても健康寿命を保ち、何かに打ち込まれたり、いい仕事をされている方々も大勢いますが、普通は百まではとても無理な気がします。平均寿命までが精一杯ではないでしょうか」

高梨は静かな笑みを消さず、聞いている。

「今、私は先生と同じ七十歳ですから、平均寿命まであと十七年です。百までなら三十年ということになりますが、残り十七年をどう生きるかということと、三十年をどう生きるかでは、本来、違ってくると思うんです。そこを具体的にお教え頂ければと思いました」

本音では「口当たりのいいパターン話には、力がないんだよッ」と思っていた。

「佐川さん……でしたね？　雑誌にしても、講演会にしても、不特定多数を前に語る場合、一人一人に『油絵を始めたら？』とか『大学に入ったら？』などと具体的には提案できませんよね。そこはおわかりでしょう？」

「はい」

「具体的な生き方は、個人個人が自分の状況を考え、自分で決めることです。ですから、多くの方々は『年齢なんて関係ない』とか『何かを始めようと思った時が一番若い』とか、万人の背中を押せそうな言葉をよりすぐって、伝えるんです」

高梨は力をこめて続けた。

「それによって飛び出すか否かは、個人の考え方であり、決断であり、行動であり、残り十七年でも三十年でも変わりはないでしょう。その言葉や他者の体験を知り、個人がどう動くかです。動かない人は、人生百五十年でも動かないんです」

「よくわかります。ただ、世間の多くは私と同じで、単なる一般人シニアだと思うんです。それに対しての世間は、『いいから趣味をやらせとけ。趣味がないヤツには持たせろ』となっている気がしてならないんです。高齢者は趣味やボランティアやカルチャーに通う以外に、残りの人生の役立て方はないんでしょうか。役に立つかどうかもわからない資格をめざすのも、虚しいと思います。それに対する先生のお考えを伺えるかと思っておりました」

「さっきからのお話を考えると、佐川さんは今の自分や暮らしや、世の中に絶望しているように思えます」

驚いた。自分では「絶望」までしている気はまったくなかったのだ。

「おそらく、佐川さんは七十歳の今と同じ暮らしが、毎日毎日、死ぬまで続くのだと決めていらっしゃるのではないかしら。それは生きることへの絶望ですよ。だから高齢者に対する世間の目も、絶望的に決めつけている。それでは虚しさに襲われて、誰だって生きているのがイヤになります。世間の考えを、自分で勝手に決めてはいけないわ」

高梨は一呼吸おいて、思い出すかのように言った。

「私が高校生の頃だったと思います。何かで読んだのか学校で教わったのか覚えていないんですが、人間が最も不幸なことって、皆さん、何だと思います?」

静まっている会場内を、高梨は見回した。

「それはね、『自分の墓碑銘を知ること』なんですって。墓碑銘には簡単なものもありますけど、死亡年月日、戒名、事績などを刻むわけですね。ですから、生きているうちにそれを見れば、自分の将来がわかってしまう。どんなに簡単なものでも、死亡年月日はわかる。こんなに不幸なことはないと言うわけです。生前に墓を建てる人は、先がわからないうちに建てるわけですから、戒名を朱色で刻む程度ですよね」

高梨は私に笑みを見せ、優しく断じた。

「人生は先がわからないから、いいんです。なのに、中には絶望する人もいます。その一因として、自分にはこの先、何もない、今と同じ暮らしが延々と続くんだと自分で決めこむことがあるんです」

そして、明るい声で続けた。

「多くの医師が言うでしょう? 病気や怪我をよくするのは、本人だって。この病気暮らしが一生続くんだと絶望している患者と、先々に絶望している高齢者は同じですよ。先なんて全然わからないのに、どうして決めこんで、生きる意欲を削ぐんですか」

私に見える限り、会場内の女たちは、深くうなずいた。隣りの姉もだ。司会者の声がうまく滑り込んだ。

「そろそろ質問時間も切れますし、この辺で終了したいと思います」

高梨が手で制した。

「人間は死ぬ日まで、何が起きるかわからないんです。そりゃ、悪いことも起こりうる。でも、それを考えて絶望していることこそ、人生の無駄です。とにかく楽しんで生きるためには、自分から動く。何かを始める。年齢は関係ない。耳にタコでもこれなんです」

その通りだ。だが、何の参考にもならない綺麗ごとだ。

「佐川さんにも皆さんにも、そして私にも、加齢と共に、楽しいことや変化やドキドキすることは、やって来なくなります。少なくなります。これは確かです。ならばこっちから行けばいい。それだけのことなんです」

会場の女たちは、さらに深くうなずいた。こういう言葉が、高齢者を勇気づけるのだろう。高梨は私を温かい目で見た。

「世の中にはそうやって自分で切り拓いて、すごいことをなしとげている人たちがたくさんおられます。最近では八十代でアプリを開発した女性もいますし、百歳を超えて現役のピアニスト、理髪師もいます。七十八歳で被災地のボランティアとして、活発に働いている男性もいましたよね」

私も穏やかに言った。

「はい。すごく励まされます。ただ、そういう方の少なからずは、若いうちから鍛練している人じゃないかと思うんです。ピアノにしても理髪にしても研究にしてもです。年取ってから何かをマスターした人も、もちろんおられます。でも、私は若いうちから何かをみっちりとやっておくんだったと、今になって後悔しています。ですから、若い頃から技術や知見を蓄積してきた高齢者を例に出し、一般人に『だから年齢は関係ない。始めようと思った時が一番若い』と励ますのは、違う気がするんです」

口には出さなかったが、そういう励ましはマッサージに似ている。その時は生き返るが、すぐに元に戻る。

司会者が先ほどより、もっと強く遮った。

「先生のお時間もございますので、今日はこの辺で終わります」

高梨が笑顔で制した。

「私はいいのよ。こんな風におっしゃる方と会えて、私も嬉しいですから、もう少しやりとりしましょうか」

「ありがとうございます」

姉は他人のような顔をしながらも、大きくため息をついた。

「口に出さないだけで、佐川さんと同じお考えの人も少なくはないでしょう。どう言ったらいいかな……。そう、人間は電化製品と同じなんですよ。必ず寿命というものが来る。昨日まで動いていた洗濯機でもテレビでも何でも、パタッと動かなくなりますよね。寿命が来たんです。その日が来るまでよく働いてくれた機械に対しては、こちらも思い残すことはないでしょう？　ああ、寿命ねって。人間もそれと同じです。病気であろうが、老衰であろうが、どんな死であれ、それは持って生まれた寿命なんです。ですから、それまでをどう生きるか。多くの識者たちがおっしゃっているように、自分から具体的に動くことしかないと思いますね。呼吸が止まる時に、『ああ、面白かったァ』と思えるでしょ。周囲も救われます。『寿命ね』って。『生き切ったね』って。絶望しながら寿命を待つほど、もったいないセカンドステージはありません」

口には出さなかったが、私は「セカンドステージ」とか「セカンドライフ」という言葉が大っ嫌いだ。横文字で誤魔化しているが、要は「老人の余生」だ。例外もあるにせよ、第一線では必要のない人ということなのだ。

そんな人たちはとにかく趣味を見つけ、カルチャーなどに行き、何とか自分で自分のお守りをして欲しい。第一線にいる人に面倒をかけないで欲しい。決めつけと言われようが、そう思われているはずだ。

「先生、よくわかりました。ありがとうございました。私も絶望しないように考えてみます」

考える気なんぞまったくないが、高梨とこれ以上話しても何の参考にもならない。

「考えてみてね。佐川さんもやりたいことがあるでしょ？　まず今から、やってみることね」

「ありますが、それが世の中のために役立ちますか？　私は先生のお考えと違い、人間に年齢制限はあると思っています。多くの識者は『役立つかどうかより、自分が楽しいか、生き生きできるかどうかが大切。それが許される年齢になったのだ』と言います。でも、私は世の中のために役立たない趣味をやっても、虚しいだけという気がします」

会場内が少しざわついた。そう思っている人も少なくないのだろうか。隣りで姉が頭を抱えたのがわかった。ついに、司会者が高梨の前に立った。

高梨は手で下がるように示すと、ホワイトボードに、「学問救世」と書いた。

「これは民俗学者の柳田國男（やなぎたくにお）の言葉なんです」

みんながノートしている。「前向きバアサン」というのは、何でもかんでもノートする。

「柳田は『学問は世の中の役に立つべきだ』と言ってるんですね。学問をする以上、世の中の要求に応じ、その学問で救世することは大切だとしています」

そして、その隣りに並べて「人生の御用学者」と書いた。また前向き軍団はノートしている。

「柳田は『学問の道に進み入る以上は、終局は人生の御用学者となり切るのが、むしろ本望(ほんもう)』とまで言っています。『御用』というのは、決しておもねるとかへつらうの意味ではありません。自分の学問を世の人々の人生に役立たせたいという姿勢です」

さすが大学教授、知識では足元にも及ばない。

「これを、セカンドステージの方々の趣味などと重ねることはできませんが、趣味なり新たに始めたことなりを、世の役に立たせたいと思う気持は大切です。ならば、そうする方法を、自分で具体的に探すことです。行政の相談窓口や友人知人のツテや、あらゆる方法で探す。自分だけの趣味に終わらせない気概が、何かを動かすことは確かにあるんです」

高梨はチラと腕時計を見て、まとめにかかった。

「佐川さん、いい感想や質問をありがとう。私たちは、自分の思い通りに動ける年齢になりました。そこに到達した幸せを、今、確かに得たんですよ」

私も微笑んでお礼を言ったが、単なる礼儀だ。本心ではムカついていた。私は高梨と司会者を交互に見た。

「最後に、ひとつだけ教えて頂けますでしょうか」

司会者は遮ろうと、何か言いかけたが、高梨は柔らかく、

「ええ、どうぞ」

と、私を促した。

「ありがとうございます。先生は今、ご本職の弁護士の他、ニュース解説や執筆や、講演や授業や、社会から多くの仕事を求められ、お忙しい毎日です。もし、それらがすっかりなくなり、どこからもお声がかからなくなった時、趣味や読書だけで満たされるものでしょうか」

高梨の表情が一瞬、硬くなったように見えた。痛いところを突かれたのかもしれない。

「先生、私は来る日も来る日も、自分のための趣味や読書をやりながら『人間に年齢は関係ない』『何かを始めた時が一番若い』『ついに幸せな年代になった』とは、思えないんです。忙しい仕事のあい間に時間をひねり出してやるから、趣味も旅も読書も満たされるのだと決めつける私が間違っているでしょう

か」

　高梨は早くも笑顔を取り戻しており、答えた。

「私は満たされますね。楽しめます。今から、そんな日常が楽しみだけどなァ」

「大変よくわかりました。長時間、幼稚な質問や意見におつき合い下さいまして、本当にありがとうございました。私は短大を出た後、安易な人生を選び、七十になってそのツケが回って来たんです。幸せな人生でしたが、先生のおかげでこれから色々と考えるきっかけになりました」

　確かに最後まで相手にしてくれた高梨は、稀有な識者だと思ったし、その姿勢に限っては、さらにファンになった。そう思い、当たり障りなくまとめておいた。

　だが、最後の質問に対する答はありえない。高梨であろうが誰であろうが、必ず用済みになる。現在、七十歳であってもまだ仕事があり、その仕事が好きでたまらない。であればこそ、「そんな日常が楽しみだけどなァ」などと言えるのだ。

高梨のような人たちは、男であれ女であれ、社会から要求されている。その現状に軸足を置き、一般シニアの生き方を語っている。実際、雑誌でもメディアでも、一般高齢者の場に立っていない人が頭で考えたことを言う。それは小綺麗な励ましで、よく考えれば失礼な話だ。しかし、それに励まされる人が少なくないことも、また確かなのである。

スレンダーな長身で立つ高梨は、確かにカッコいい。あと十年くらいは仕事があるかもしれない。

ただ、高梨ほどの人間でも、「老い」の前では同じなのだ。「そんな日常が楽しみ」と答えざるを得ないのだ。それを教えられただけでも、ありがたい収穫だった。

すると突然、姉が手を挙げて立ち上がった。びっくりした。何なのだ。

「先生、そうでなくとも時間が延びていますのに、申し訳ございません。私はお隣りの方とは初めてお目にかかりますが」

生まれた時からお目にかかってるだろうが。

「先生のお話で、この会場の皆さまも気づかれたと思います。お礼をこめてこれだけはお伝えさせて下さい。私が気づいたのは、これまでの人生を、どうしても誰かのせいにしたがるということです。たとえば夫のせいに」

ほう、そこを突くか。

「姑のせいに、介護のせいに、子供のせいに、お金のせいに。その影響は確かにあると思いますが、やっぱり自分のせいが何より大きいと、気づかされました。そんな暮らしであっても、きっと工夫ができたし、可能な限りの一歩を踏み出せたはずだと思います。なのに、何かのせいにして、踏み出さなかったんです。私は今、編み物をやっていますが、『趣味救世』でがんばります。ありがとうございました」

何が「趣味救世」だ。腰ヒモがやっとのくせして。

高梨は姉に「ありがとう」と言い、みんなの大きな拍手に送られて出て行った。ドアロで私に手を振り、

「佐川さん、またどこかでね」

と笑顔を見せた。やるじゃないか、タカナシ。

姉は「ランタンにいて」というメモを私にサッと出すと、一人で帰って行っ

た。知りあいだとバレたくないのだろう。「ランタン」は田村町駅前の喫茶店である。

電車のドア近くに立ち、小野の顔が浮かんで消えなかった。

高梨公子ほどの人でさえ、仕事の第一線を外れるのは恐いのだ。私に突っ込まれて表情が硬くなったのは、その本音を隠しおおせなかったからだろう。

おそらく、おそらくだが、高梨にとっても、あらゆる職種の誰にとっても、仕事ほど刺激的なものはそうないのだと思う。時には本気でやめたくもなろうし、理不尽なことに泣かされもしようが、それを含めての刺激は、趣味や読書では満たされない。きっと、本人が一番よく知っている。

夫はあの状況では、退職して正解だ。あのみじめな扱いは、「刺激」の範疇をとうに超えている。そして、今でも翻訳の仕事がある。稿料は安く、かつ不定期に入る仕事だが、夫を頼りにしている発注元もある。

ささやかでも仕事があるから、蟻んこクラブも面白いのだ。朝から晩まで三百六十五日、蟻んこをどうぞとなったら、虚しいだろう。絶望するだろう。

小野と会おうと思った。

会って、仕事を頼む。途中でやめた園芸だが、私にとっては何よりも心弾むジャンルだ。ブランクはあっても、なぜかこなす自信もある。どんな小さな仕事でもいい。紹介してもらう。

以前の私は、小野に仕事を頼む際は物欲し気にせず、ほんのついでというように言うつもりでいた。

だが、高梨の話を聞いて、よくわかった。高齢でも、動けるうちは仕事が必要だ。どんな仕事でも、不定期でも、バイトでもいい。仕事を得るための努力が必要だ。病人や怪我人が、治すために努力するのと同じだ。

小野の拠点は札幌なので、いざとなれば頼みに行く。

小野に会おう。そう腹を決めたら、ふーっと楽になった。

「ランタン」は、昭和の「純喫茶」の雰囲気を残す店だが、レトロ趣味の若い人にも人気がある。姉は一番奥の席に座って、コーヒーを飲んでいた。

そして、私を見るなり、ニヤリと笑った。

「まったくもう、大先生に向かって、あれだけ言うか？」

「だって本音だもん」

「忖度まみれの夏江の本音は、いつ聞いても面白いけどさ。私は最後に先生の味方しないと主催者も困るんじゃないかって、忖度しちゃったよ」

「ありがと。あれでも私は猫かぶって、かなり遠回しに言ったんだけどね」

「今日、よーくわかったよ。夏江はこれからの老後をどうにかしないといけない。アンタは潮高から千葉大に行けたのに行かなかった自分を、七十になって火が出るほど口悔んでる。口悔んでる限り、絶望の毎日だよ。生きる気力を失うのは当たり前だよ」

絶望まではしていないが、そういうことだ。

「夏江、これからアンタがやることはひとつ。人生をやり直したいと思った今から、新しい何かを切り拓く。十分にバアサンの七十だけどさ、あと十七年はある。あと十七年を絶望してるより、若い時からの蓄積を生かすしかないね。いいのよ、小っぽけなことで。何か社会のためになることないか？」

「さあ……。いいね、お姉ちゃんは。腰ヒモで『趣味救世』だもんね」

「ちょっとォ、ここのコーヒー代出さすよ」

私は打明けた。

「小野君と会って、仕事頼む」

「小野？　誰それ」

「昔、会社で同じ園芸部だったの。私のこと好きだったのよ。でも、結婚相手としては条件悪いからバシッと振った。それで和幸についた」

「へえ。その人に頼めば何か仕事あるの？」

「うん。彼は今じゃ『トモ子のトーク・トゥナイト』に出るほどの造園家だよ」

「ハァ……。夏江、すごいの振ったもんだね」

「今さら会いたくもないけどさ。私も園芸なら少しはできるし、具体的に動くしかない」

「そっか。そだね……」

姉と私は同時に、小さなため息をついた。

私はもとより姉も、妹が敵に膝を屈するような、そんな切なさを覚えたのだろう。

「夏江、もしそれがうまくいかなかったら、和ちゃんと同じ趣味持つこと、本気で考えな。本気でだよ」

「うん……その時はね」

「その小野ナンタラに頼むより、本気で夫婦で楽しむ方向にシフトした方がいいと思うけどね」

「小野君の結果しだいだよね」

「最後に頼りになるのは夫婦だよ」

「和幸は、最後に頼りになるのはカネだって言ってる。いつも」

「それも正しいけどさ、どっちかがいなくなるまでは夫婦で楽しむのが一番だって。昔っからの親友みたいなものだもン」

姉はそう言って、ちょっと嬉し気につけ加えた。

「今度、夫婦で酒のツマミ教室に入ろうかって話してるの。ほら、小皿料理のツマミって世界中にあるじゃない。スペインのタパスとか中華の点心とか、串に刺したピンチョスとか。芳彦も七十一だもん、免許の自主返納は目に見えてる。だから、その後は思う存分に酒だねってなって。色んな小皿料理で飲むわけよ。ジジババで」

「いいアイデアだねえ！」

どうでもいいので、力一杯にそう言っておいた。

私はまずは仕事をしたい。シルバーセンターでも紹介してくれるが、園芸の仕事が果たしてあるだろうか。小野という絶好のコネがあるのだから、まず彼に頼む方がずっといい。

「夏江、今から趣味を始めればさ、八十になった時、思うよ。『私、七十の若い時からやってたもんね』って」

「ホントだ！　ホントだね！」

「何、そのわざとらしい返事。全然そう思ってない証拠だ。アンタ、どうなりたいわけ？」

「うん……夫婦であろうと一人になろうと、残りの人生の中心に趣味を置きたくないんだわ。ジイサンバアサンが趣味に打ち込めば、周囲はラクだから、趣味趣味って背中押すけど、趣味もボランティアも本人のモチベーションが大切でしょ。私にはそれないもん」

「そうか。個人の生き方だもん、それも責められないよね」

「私だって、小野君を前にしたら、夫のことや色んな見栄は張るよ。小野君とは比べものにならないエリートだった夫に、絶対に恥はかかせられない」

「うん……」

「だけど、もう前に出るしかないの。みんなが老後だと思ってる七十でも、私は趣味に生きたくない。小野君に会う」

「そうだね。平均寿命まで十七年間、この暮らしが続くんだって絶望していたくないものね」

姉はぬるくなったコーヒーを飲んだ。

「芳彦の友達にね、中学出てプロボクサーになった男がいるの。私も何回か会ってるけど、今はお好み焼店を三つだか四つ経営してる」

「すごい商才だね」

「私はボクシングのこと、全然わからないけど、彼は昔、ジムの会長にいつも言われてたんだって」

姉はゆっくりと、私に言い聞かせるように言った。

「相手のパンチを受けないように避けていると、間違いなく自分にパンチは当たらないから、ダメージはない。だけど避けるということは、前に出ないことだから、自分のパンチも相手に当たらない。だから勝てない」

私も姉も黙った。

そういうことだ。小野に頼むのはイヤだが、前に出ないと勝てないのだ。

「彼は今でも大変なことがあると、この言葉思い出すって。で、前に出るって」

私は力強くVサインを作り、伝票をつかんだ。姉はサッと奪い、

「勝つ前祝い。安すぎるけどさ」

と笑顔を返してきた。

何でも話せる姉がいてよかった。心からそう思った。

自分の決意が変わらないうちにと、まずは北斗園芸の東京支社に電話をした。

「私、山賀社長の古い友人ですが、社長にお会いしたくてお電話致しました。

札幌本社にかけた方がよろしいですか」

　秘書らしき女性は丁寧に答えた。

「いえ、山賀の方からかけ直しますので、お名前とお電話番号をうかがってよろしいですか」

　簡単に社長につながないのは、当然の危機管理だ。私は電話番号を伝え、つけ加えた。

「平新電器でご一緒だった今井夏江と申します。旧姓ですが、その方がおわかりになると思います」

　夕食がすんでも、電話はかかって来なかった。夫が居間でテレビを見ている。今、かかって来ては困る。だからといって、受話器を持って居間を出ては、もっと変だ。「私からかけ直すわ」と言っては、さらに変だ。

　夫が冷蔵庫からりんごジュースを取り出した時、電話が鳴った。誰か別の人であるようにと祈って出ると、低音の声が響いた。

「小野です」

「ま、久しぶり」

「お電話を頂いたそうで、びっくりしました。ちょうど札幌から東京に向かう空港で聞きまして」

「そうだったの。元気？」

女友達と話しているかのような口調で言った。

「ええ、年は取りましたけど。今井さんもお元気そうですね」

「ええ、おかげ様で」

どうでもいい話を続けているわけにはいかない。どうしようと夫を見ると、立ったままりんごジュースを飲み干し、

「風呂」

と言って出て行った。よかった……力が抜けた。

「たまたま『トモ子のトーク・トゥナイト』を見て、あッ、小野君だって気づいたの」

かつての口調のままを通した。

「見て下さったんですか。おかげで何十年ぶりかに連絡を頂くんですから、テレビって出るものですね」

「ホントね。いつ迄(まで)、東京？」

「一週間です」

「あら、結構ゆっくりね」

会いたいことを、どう切り出せばいいのか。

「会議とか展示会の相談が色々ありまして。今井さんは今……」

「今週は楽なの。小野君、よかったらごはんでも食べましょうか」

「いいんですか?!」

声が弾んでおり、小野の方からは誘いにくかったのだと思った。私は憧れの今井先輩であり、手痛く振られた年上の女なのだ。

そう思うと、仕事が欲しいと切り出すのは難しいが、それが最大の目的だ。

「じゃあ、僕が東京に来るたびに行く店でどうですか。麴町(こうじまち)のビルの最上階で、皇居のお堀や緑から、スカイツリーまできれいに見える店です」

かつて、横浜のそんな店を予約させながら、私はドタキャンして、和幸とのデートに乗り換えた。おそらく、麴町の店の話をしながら、小野も横浜の一件を思い出していただろう。

電話を切った後、ソファに座り込んだ。一仕事終えたように疲れた。

夫がバスタオルで髪を拭きながら戻ってきても、動けないほどだった。むろん、小野に連絡を取ったことも、食事の約束をしたことも、夫には言わない。小野に対して何の下心もないのだから、別に言う必要もない。いや、仕事を紹介してくれと言うのは、下心か……。

小野と会う日の夕刻は、初秋の風がここちよかった。

私が先に店に着くのはまずい。とっくに出かける準備はできているのに、居間で時間をつぶした。夫は蟻んこクラブのワンゲルで、今夜は遅くなる。絶好の日だった。

私は秋を先取りし、マスタードイエローのワンピースに、茶色をベースにしたスカーフを巻いていた。

オバサンもバアサンもスカーフが好きなものだが、たいていは使い方が下手だ。首に巻けば雪国の防寒具のようだし、肩から下げればチベット僧のようだ。

私は若い頃から「スカーフの達人」と呼ばれ、これだけはバアサンになっても上手だ。

店のあるビルに着くと、まずエレベーター内の鏡で全身をチェックした。よし！

店はいかにも高級な、シックなしつらえだった。背筋を伸ばして、軽やかに入って行く。窓辺の席で小野が立ち上がった。

「小野君!! また会えて嬉しいわァ」

「よく連絡してくれて、よくいらしてくれました」

小野はテレビで見るより、遥かにいい男だった。昔より背が高く見えた。グレイヘアがダークブラウンのジャケットによく合っている。

「いいお店ね。すてき」

「メンバー制ですから混雑しませんし、ゆっくり話せます」

窓から暮色に包まれる皇居が見えた。

「シャンパンですよね。ここはやっぱり再会を祝わないと」

「ホントよねえ。何十年ぶりだろ……」

「数えたら、四十九年でした」

ピンクのシャンパンを楽しみ、高級な食材をふんだんに使ったフレンチを口に運び、つい言っていた。

「もう、この世のものとは思えないほどおいしいわ」

小野は声をあげて笑った。

「いいなァ、今井さん。さんざんおいしいものを食べていながら、そんな風に喜んでくれて。昔と変わりませんね」

「そう？　もう七十よ」

「とても見えないし、昔から何でもおいしいって。社食の卵丼(たまどん)までほめてた」

「えーッ、覚えてない」

「いいなァと思って見てました、僕」

慣れた手つきでナイフとフォークを使っていた小野は、思い出したように言った。

「ご主人、お元気ですか」

来た。

「元気元気。早期退職して、前からやりたかったという翻訳の仕事で、忙しそうなの」

「そうでしたか。いや、自分のことを考えてもわかるんですけど、定年を過ぎてもやりたい仕事をやれるのは何より幸せですよ」

夫の泥酔事件など、何も知らないようだ。

「小野君、昔の会社の人とはおつきあい、ないの？」

「ないんです、全然。ロンドンが長くて、あとは札幌ですから。今井さんが初めてですよ。ご主人は昔の仲間たちとおつきあい、されてますか」

「夫は今、大学時代からのワンダーフォーゲルに夢中で、その仲間とべったりなの。会社の人たちとは会ってないみたい」

「ワンゲルですか。いいなァ。僕は仕事も趣味も園芸で、他に何もないんですよ」

いい展開だ。ここから「私も園芸だけよ」と言い、「何かお手伝いできることがあれば、何でも言って。むしろ、お手伝いしたいわ」と話を持って行こう。それだ、それがいい。

「今井さんの力、会社の園芸部では別格でしたよねえ。今も何かやってるんですか？」

今だ。今だ。何かやりたいと言おう。その瞬間、声がした。

「今井さんですよね。山賀の家内です」

テレビで一瞬だけ見た妻が、笑顔で立っていた。

小野は今になって気づいたらしく、

「そうか。君、仕事が早く終わったら行きたいって言ってたな」

と妻を見た。

「これだ。何回も言ったわよ。今井さん、山賀はお会いすることに舞い上がって、人の話なんて全然聞いてないんですよ」

店の支配人が寄って来た。

「いらっしゃいませ。奥様、いつものでよろしいですか？」

「ええ。ありがとう」

いかにも常連夫婦らしかった。

私は負けじと笑顔を作った。

「初めまして。今井でございますが、今は佐川と申します。奥様にまでお会いできて、本当に嬉しいです」

嬉しいわけがない。仕事を頼もうとした瞬間に出て来るなッ。

「私もです。夫が若い頃にお世話をおかけ致しました」

と名刺を差し出した。そこには、

北斗園芸株式会社
取締役副社長
造園家
樹木医
山賀 佐保子

とあった。

今時の若い人は、パソコンで簡単に名刺を作るが、私達の年代の女性は名刺を持たされるケースは稀だった。それほどのポジションにいないし、外部の人間と会うこともない。ほとんどの仕事は社内でのコピー取りや雑務なのだ。

私はこれまで、一度も名刺を持ったことはない。この人は、七十になった今も、名刺を必要とするのだ。

「奥様のお名前、佐保姫からお取りになったんじゃありません？」

「嬉しい！　さすが佐川さんはすぐおわかり下さって。そうなんです。私は春に生まれたものですから、父が佐保姫から取って」

佐保姫は春の野山を創造する神だ。秋の野山は龍田姫が司る。

「秋に生まれていたら、きっと龍子とつけたと思いますよ。イヤだわ、そんな強そうな名前」

佐保子が笑うと、目尻に深いシワができた。だが、ショートヘアと丁寧なメイクが、そのシワを垢抜けて見せている。

もう仕事のことは話せない。小野の妻は桜の専門家で、樹木医なのだ。名刺を持つ人なのだ。こんな妻の前で「仕事が欲しい」なんて言えるか？　私にだって見栄がある。

佐保子はセンスのある人で、自身のことに関しても、また家族や仕事に関しても、自分から触れることはまったくなかった。もちろん、私のことも一切さぐらない。

仕事を頼まなくてよかった。頼めば小野は妻と二人で考えるだろう。和幸が恥をかく。

「奥様、すごいですね。樹木医なんて。どんなお仕事なさってるんですか、今」

何もできない七十歳にしてみれば、最も情けない話題だ。だが、自分自身との差を明確にさせたいような、残酷な思いもあった。そうすることにより、自分は一般バアサンなのだと諦めもつく。

佐保子はレアのステーキにナイフを入れながら、ごく自然に答えた。

「幾つかの公園や街路樹の桜に関係してますけど、若い樹木医たちとチームを組んでますし、私はそれほどのことはしてないんです」

小野はうなずいて妻を見た。

「僕の仕事のバックアップやサポートは、これまでずいぶんやってもらったけど、もう趣味とか私的な旅行とかに時間を割いていい年齢だよな」

ああ、本当に仕事を頼まなくてよかった。また、そう思った。趣味の時間はいらないと言いたい私なのだ。

だがおそらく、この二人は高梨と同じだ。天職とも言える仕事があるから、こう言える。今も社会から求められているから、こう言える。

「今井さんは、昔の園芸部員ともおつきあい、ナシですか」

「ええ、全然よ。何人かと年賀状やりとりしてたけど、みんな次々に年賀状やめるしね」

「あの頃から、ずいぶん時間がたったんですよね」

小野は遠い目をした。会社の屋上の、あの狭い部室でも思い出しているのだろうか。

「何か、楽しい思い出しか浮かばないな……」

そのつぶやきを聞いた時、何もかもが遠い昔のことなのだと、ハッキリと感じた。

人は過ぎ去ってしまった昔を思う時、もう二度と戻らないあの頃を思う時、必ず、「楽しい思い出しかない」となる。

昭和時代を思い出す私達年代も、「いい時代だったね、昭和は」となる。今よりよくないことも多かったのに、いい思い出ばかりに濾過される。だからこそ、小野も妻同伴が何でもないのだ。かつて私に想いを寄せていようと、手痛く振られようと、懐しい遠い過去なのだ。

私はデザートがすむと、お礼を言った。

「夫がワンゲルの集まりから帰って来ますので、そろそろ失礼します。小野君、久々に会えて楽しかったわ」

「僕こそ。またぜひ会いましょう」

「佐保子さん、またお目にかかりましょうね。お仕事、がんばって。七十歳でも現役って、すてきなことですもの」

佐保子はうなずき、黙って右手を出した。私はその手を握り返した。

これでよかったのだ。何のパンチも当てられなかったが、少なくとも夫に恥はかかせていない。私の背を見送る夫婦を意識し、軽やかにスカーフをなびかせて店を出た。

今度生まれたら、佐保子のような人生を送りたい。結婚も出産も仕事も手にしたい。そう思いながらも帰り道、夫の顔ばかりが浮かんだ。

家の玄関を開けると、誰か来ているのか靴が並んでいる。居間から笑い声も聞こえる。

「ごめーん、もう帰ってたの？」

あわてて入って行くと、姉夫婦がいた。芳彦はビール、姉と夫はりんごジュースを飲んでいた。

「あらァ！　おそろいで珍しい」

夫がテーブルを指さした。

「長野のおみやげ持って来てくれてね。野沢菜とかワサビ漬とか、酒の肴になるものは並べちゃったよ」

姉が目で「どうだった？」と聞く。今夜、小野と会うことは話してあった。

私は小さく首を振り、声をあげた。

「ナーニ、長野に行ってたの？」

「そうなの。キャンピングカー借りて、一泊だけど。長野、よかったよ。ね、芳彦」

「うん。やっぱり空気が違うよな、信州は」

「まったく、お姉ちゃんたち、仲いいよね。週末の居酒屋通いだけでもお腹一杯なのに、よくドライブに行くし、ついにはキャンピングカーですか」

芳彦が照れた。

「いや、俺もすぐ七十二だもん、いつまでも旅もできないしさ。今のうちに二人で全国回って、全国の地酒飲むかって」

「ちょっと芳彦、そういうこと言うと酒酔い運転みたいでしょ。運転当番は飲まないんだよね。見てよ、今日は私がりんごジュース」

「そうだけど、こいつ、たいていはガーッと飲んで『ごめん、運転できない』ばっか」

こんな七十代夫婦もいるのだ。小野夫婦にしても、共通の趣味なり仕事なりを持っていることは、何という幸せだろう。

陽気に飲んで笑う姉夫婦を前に、穏やかにりんごジュースを傾けている夫が、何だか哀しく思えた。この人は私と結婚して幸せだったのだろうか。

もう小野には頼れない。腹を決めよう。それが「いい老後」ということなのだ。

「私もね、和幸と同じ趣味持とうかと思って」

「え？　お前、蟻んこクラブに入るのか？」

夫は驚いた。だが、頬がゆるんでいるように思えた。

姉がはしゃいだ声をあげた。

「夏江、それいいよ、いい。縁があって出会って、ここまで一緒に歩いて来た夫婦なんだからさ、この先こそ一緒に楽しまなきゃ」

小野夫婦のあの人生も人生。姉夫婦のこの人生も人生。共通しているのは、両者ともいい老後だということである。

それに比べ、私は自分の生き方しか考えていなかった。七十代を夫婦で生き抜き、八十代に入ることこそ、結婚の持つ意味かもしれない。

「私、蟻んこには入らないの。カメラをやろうかなと思って」

「カメラ?!」

夫が声をあげた。

「うん。やったことないけどね。剛も建も勧めるの。パパがみんなと歩くところとか、ワンゲルの訓練とか、ついて行って撮れって。風景とかも色々撮ったら面白いよって。どう？」

姉が喜んだ。

「それ、すっごくいい。それぞれを生かしながら、一緒にできる趣味だもの。夏江、撮りためた写真でアルバム作るといいよ。夫婦の記録みたいな」

「あーッ、それいいね！」

忖度して叫んでおいたが、そんなアルバム作ってどうなるのか。

別にカメラに興味もないのだが、「夫婦共通の」が最後にたどりついた砦だ。それは老後を楽しくする必須事項(アイテム)なのだ。芳彦の楽しげな表情を見ていると、私は夫を幸せにする相棒ではなかったなァと思う。腹をくくろう。

その夜、寝室で化粧を落としていると、ノックして夫が入って来た。

「あら、どうしたの？」

まさか、一緒に寝ようというのではないだろうな。やめてよね。

「うん……」

夫はベッドに腰をかけた。

「俺、申し訳なかったと思う」

「何が？」

「イヤ、一度きちんと謝らなきゃなって思いながら」

夫は首だけで、小さく頭を下げた。

「申し訳なかった。酒で失敗したこと」

さすがに笑った。二十年も昔のことだ。私は自分の「(70) 問題」で一杯だ。

「何よ、今さら。もうとっくに忘れてたわ」

「俺があんな事件起こさなければ、夏江はもっと裕福でエリートの生活ができたのにな」

たぶん、私が共通の趣味を持つと言ったことで、あの事件をきちんと謝ろうと思ったのだろう。

いつも強引に私を自分に合わせさせ、必ず否定から入る夫も、年を取ったのだ。力を失ったと言ってもいい。自分と一緒に歩こうとする妻が、いかに大切かと、限りある余生に気づいたのかもしれない。

「あなた、何を謝ってるの。私は今までずっと幸せだったんだから。これからも」

「……そうか」

夫は泣いているような笑顔を作ると、

「お休み」

と出て行った。


それから間もなく、私はカルチャースクールや自治体主催のカメラ講習会のパンフレットを集め始めた。カメラのカタログもアチコチでもらい、ネットでも調べた。

共通の趣味を持とうとする妻に、過去を謝罪するほど喜んだ夫だ。だが、ケチはどこまで行ってもケチだった。

「カルチャーより、区や都でやってる講座の方が断然安いよ。それでいて、お上（かみ）の力なのか一流の講師陣だからさ、カルチャーに行く必要はないって。蟻んこクラブがいい例だよ」

「そうよね。夫婦のどちらか一人残ったら、頼りになるのはおカネだもんね」

ジョークめかして口癖をまねたのに、大真面目に返された。

「そうだよ。カメラ買うにもカネいるし。どうせプロになるわけじゃなし、俺はカメラ買う必要はない気もするよね」

「どうやって撮るのよ」

「スマホ」

ここまでケチだと呆れるしかない。せっかく夫婦共通の趣味を持とうとしているのに、カネをかけずにやれと言うわけだ。

ふと小野と佐保子の姿が浮かぶ。あの時、小野を選んでいればとは思わないが、あの夫婦の持つリッチな香りは私にも夫にもあるまい。


二週間がたったが、私はどこのカメラ講座にも申し込んでいない。カメラも買っていない。

どうも気が乗らない。あの時は姉夫婦の仲のよさや、小野夫婦の佇いに、我が身を反省させられた。それは間違いない。飲めない酒で失敗した夫ではあるが、これも私の運命だったのだ。そして、もう仕事もありえない。ならば、家計と相談して、何とか夫婦で楽しく生きていくことだ。やっとそこに行きついたのだ。どう頑張ったところで、夫は小野にはなれないし、私は佐保子にはなれない。趣味に生き、夫婦で手を携える高齢者の道をたどるのが幸せだ。それのどこが悪い。

しかし、気が乗らない。カメラか……。ギターよりはいいし、やってみることだと自分を励ました。だが、どうもテンションが上がらずに今日まで来た。

その時、玄関が開き、夫が帰ってきた。

夫はこのところ、毎晩どこかに出かける。もう十日ほどにもなろうか。

「お帰り。どこ行ってたの？」

「今日も夜になるのを待って走ったんだよ。昼間は人通りが邪魔だから」

毎回こう言うが、毎回、汗ひとつかいていない。

「風呂入る」

何かを誤魔化すように、必ずすぐに風呂場に消える。

私が講座に申し込まないことも、カメラを買う気配もないまま二週間が過ぎたことも、まったく気に留まらないようだ。

どうも他に関心が移っている。妻の行動には関心がない。

女か？

今さらとも思うが、今まで女問題はまったくなかっただけに、七十三を間近にして火がついたのかもしれない。

なぜか、嫉妬心はまったく湧かなかった。

女ができて、のっぴきならないなら、続ければいい。私も「共通の趣味を持たねば」という重圧から堂々と逃れられる。もしも、どうしても離婚したいと言うなら、応じる。お互い、好きに生きればいい。七十代はそんな年齢だ。

これが若い時なら、どれほどショックだっただろう。息子二人を抱え、途方に暮れただろう。毎晩毎晩、女のところに行く夫を許せなくても、別れては息子を育てられない。

風呂場から漏れるシャワーの音の中で、佐保子を思った。彼女は小野が何かすれば、叩き出して息子を育てられただろう。経済力がある。

私とて、今なら息子を育てる必要はないし、慰謝料を取って一人でやっていける。だから、別に何も恐くない。加齢は悪いことばかりではない。

翌日の夜も、夫は、

「走ってくる」

と出て行った。

私は女と対決する気なんぞまるでないが、本当のことを知りたくて、後をつけた。

案の定、まったく走らない。スニーカーに運動着だが、歩いて行く。やがて中央線の田村町駅に入り、ホームに降りて行った。

後をつける。同じ車輛に乗ると、夫から見えない位置に立った。

電車が荻窪（おぎくぼ）駅に着くと、夫は降りた。後をつける。荻窪は馴染みのない町だ。剛は隣りの阿佐ケ谷（あさがや）だし、建は神田で離れている。

夫は一人で歩いて行く。いかにも「勝手知ったる」という慣れた足取りだ。

女は荻窪にいるのか？

二、三分歩き、住宅街を抜けた。すると、そう大きくはない公園があった。

もう子供は遊んでいないが、あちこちにライトがあり、明るい。今夜は大きな月も出ている。

夫はそこで足を止めた。え……公園？　夜の公園？　ここで女と待ち合わせるのか？

夫は園内を少し歩き、植え込みに体を隠すようにした。夫が見ている先に、すべり台やジャングルジムと並んでブランコがあった。

剛が一人で、ブランコに乗っていた。缶ビールを持っている。

それを飲みながら、一人でブランコを揺らす剛を、月が照らしていた。

そんな剛を見る夫も、銀色の光の中にあった。まったくわけがわからずに夫と長男を見る私をも、月は照らしていただろう。

第六章

どういう事情なのか、剛は一人でブランコを揺らしている。楽しい事情でないことだけは、その様子から察しがついた。膝にカバンをのせているので、仕事の帰りだろうか。

すぐにでも声をかけたかったが、それができる雰囲気ではない。大の男が一人、ブランコに揺られながら缶ビールだ。何があったのだろう。息をつめて見ていた時である。夫が植え込みから出た。

黙ってブランコに近づく。

私のところには聞こえないが、きっと「剛」とでも声をかけたのだろう。剛は驚きのあまり、言葉を失った表情だった。

夫は隣りのブランコに、並んで腰をかけた。何かを問うている。

「お前、ここで何してるんだ」

とでも聞いたのだろうか。

月に照らされる剛の横顔は落ちついていて、どこか笑みを含んでいるようにも見えた。

七十三歳になろうという父親と四十六歳の息子が、夜の公園でブランコに並ぶ。七十歳の母親は物陰から見ている。

二人は時折り、言葉をかわす。だが、互いに顔を見ず、まっすぐに前を向いたままだ。

剛は何か仕事で失敗したのだろうか。それなら、大失敗をしている父親には話せばいい。

しばらく様子を見ていた私は、そおっとそこからUターンした。女親が見てはいけない姿を見た気がしたし、夫より先に家に帰っていないとまずい。

自宅のソファでゆっくり考えると、やはり剛は仕事で何かあったのだと思う。

おそらく、出世とか栄転とか、何らかのいい話があり、妻の理沙も大喜びしたのではないか。

私が夫の海外勤務を心待ちにしたように、理沙も正式決定を楽しみにしていた。それは考えられることだ。

なのに、失敗した。水に流れた。父親と同じだ。すぐには妻に言い出せない剛が、一人になって考えをまとめている。

私のその勘は、少しずつ確信になっていった。

思えばこれまで、順調すぎるほどのサラリーマン人生を歩いて来た剛だ。その上、家族は仲がよく、健康だ。そんな中で、油断も慢心もあったのだろう。つまずきは、必ずそういう時にやってくる。父親と同じだ。

みじめな状態にさらされるなら、退職するのがいい。父親を見ていればわかるだろう。人は新しい環境でちゃんと生きていける。母親を見ていればわかるはずだ。妻はそんな夫と一緒にやっていける。

九時過ぎ、夫が帰って来た。

「風呂入る」

何の汗もかいていないのに、私の顔も見ずに脱衣所に消えた。

焼き菓子と、りんごジュースのグラスを出しながら思った。夫は剛のことを話してくれるわけがない。だからと言って、私から切り出すのは難しい。どうするか。

夫はいつになく長風呂だ。

やっと、髪を拭きながら入って来た。思った通り、公園でのことは何も言わず、一気にジュースを飲み干した。

「いつもどの辺を走ってるの？」

今までされたことのない質問に、一瞬引いたのがわかる。

「うん……田村町から一駅とか二駅とか……」

「ということは、荻窪とか？」

「あ、うん。あ……いや、逆の方向……あの高円寺(こうえんじ)の方っていうか……」

「そう」

それっきり、夫は黙ってテレビを見始めた。二杯目のりんごジュースを飲み、ジャムがたっぷりと載った焼き菓子を食べている。さり気なくうかがうと、画面に注ぐ目は力なく、何も見ていないようにも思えた。

予想はしていたが、夫はなぜ私に話さないのだ。子供がたとえ四十六歳でも、父親が知ったことは、母親の私に話すべきだろう。

だが、そんな気配はまったくない。テレビのお笑い芸人の声だけが響く。私から聞くしかない。どう聞けばいいのか。

時計が十時半を示した頃、夫はソファから立ち上がった。

「さ、引き上げるか」

「私、見ちゃったの」

ストレートな言葉が出ていた。

「え？　何を？」

まさか妻が後をつけたとは考えもするまい。当然だ。普通はつけない。

「剛と話してたでしょ。公園で」

夫は突っ立ったまま、動けずにいた。

「あなた、このところ夜になると出かけるし、何だか走ってるようには見えないし」

そう言った後でスパッと、だが笑って言った。

「女かなって」

「女?!」

「ん。で、今日思い切って後つけた」

「ええッ?!」

「そしたら、女じゃなく息子だった」

夫はまたソファに座った。態勢を立て直したのか、冗談めかした。

「女を疑って尾行されるとは、俺もまだまだ愛されてるな」

「そうよそうよ。で、剛はどうしたの?」

「うん……」

「会社で失敗?」

「俺とは違うよ。会社では順調だって」

なら、何なのだ。こういう時は、こっちから畳みこまず、相手が話すまで無言を貫くことだ。相手は無言の圧力に耐え切れなくなる。

やがて、夫はため息と共に吐き出した。

「女房の問題。理沙の問題」

「理沙さんの⁈　何、女房が不倫でもしてるの？」

「お前の発想って、全部色恋だな」

「で？」

「どうも、家に帰りたくないみたいだな。俺の推測だけど、女房が恐いっていうか、冷たさに耐えられないっていうか。剛はあまりしゃべってくれないし、いいトシした息子に根掘り葉掘り聞けないだろ」

「剛は家庭に居場所がないってこと？」

「そんな感じかなァ」

「梢は？」

「さあ……」

まったく役に立たない。これでは何も聞いていないのと同じだ。

剛は理沙にはもったいないほどの夫だろう。何が不満なのだ。

あの女狐（めぎつね）。化け猫より陰湿だ。剛を落としたくて色目を使いまくって、身を捨てて結婚してもらったくせに。

もっとも、ここまでは私と同じだ。だが、私は夫に冷たくはないし、恐がらせてもいない。せいぜい密かに「今度生まれたら」と思うだけだ。

ブランコで揺れている剛が甦る。もし、本当に妻に疎まれて小さくなっているのなら、母親にとっては仕事の失敗よりずっと切ない。

大事に大事に育てた息子が、抱っこしておんぶして育てた息子が、なぜアカの他人の女狐にいじめられるのだ。

私は姑として、嫁とは十分すぎる距離を取ってきたし、今日まで何の世話もかけていない。女狐は恵まれた環境にあった。

なのに、息子にこの仕打ちか？

今まで新聞や雑誌の人生相談で、息子につらく当たる嫁に苦しむ姑の話を、他人ごとだと思っていた。だが、やっと理解できた。

そういう嫁は叩き出せばいいのだ。息子の元を離れて路頭に迷えば目が覚める。トットと森に帰れ、女狐。

「俺、新聞だったか雑誌だったかで、『夫たちの帰宅恐怖症』とかいう記事を読んだこと、思い出してさ……」

私も読んだことがある。妻が冷たくて、上から目線で、不機嫌なのだ。家に帰りたくない夫たちは、公園や本屋で時間をつぶす。お金がかかるので、バーや映画館にしょっちゅうは行けない。剛はそれなのだろうか。

「何が理由で、あの女は冷たいの？　いつから？」

「さあ……」

また、こんな返事だ。男なんて何の役にも立ちゃしない。帰宅恐怖症かと疑ったら、もっと突っ込めッ。

「ごはんは作ってもらってるの？」

「剛が公園の帰りに、駅前の居酒屋に誘ってくれたんだよ。酒の後で『いつもの〆め』とか言ったら、握り飯と味噌汁が出てきたから、理沙は作ってくれないんじゃないか」

「あなた、この件、どう考えてるの？　どうするの？」

私の目から炎が出ていたのだと思う。夫は慌てたように、きつく言った。

「お前、絶対に立ち入るなよ。だから、お前に言うのイヤだったんだよ。これは夫婦の問題なんだ。俺たちが介入することじゃないんだよ。あいつらに解決させろ。いいな」

「それくらいわかってるわよ。心配しないで」

私とて、夫の役立たずの推測で事を荒立てる気はない。

それに、人生相談の回答者は「夫婦の問題に親が立ち入るな」と断ずることが多い。とはいえ、息子や娘のツレアイの仕打ちに対し、親の溜飲の下げ方を、ひとつくらい答えてくれてもいいだろう。ものわかりよく引っ込んでいることが、大人の対処法だとしてもだ。姑のムカつきには手当てなしか？

「あなた、どうして剛があの公園にいること、知ったの？」

「蟻んこクラブのE組で、日野の丘陵でトレーニングしたんだよ」

夫は終了後、吉祥寺で途中下車した。そして、トレーニングを兼ねて、田村町まで歩いたと言う。その途中、あの公園の前を通ったそうだ。すでに夜も八時近かったが、剛がブランコに座っていた。

「『お前、何やってんだ？』って声かけようと思ったけど、それができない雰囲気で……」

夫はグラスの底のジュースを飲み干した。

「今、お前に言ったことが全部だよ」

その通りだろう。

「あなたが夜出て行くようになって十日ほどだけど、剛は毎晩公園にいたの？」

「いや。仕事の都合なのか、待っていても公園に来ない日もな。でも二回見た」

「二回も見たら、話しかけるでしょうよ」

「いや、どうしてもできなくて。もしも今日も見たら、声をかけると決めていた」

夫はなおも、

「いいな、絶対に立ち入るな」

と念を押し、寝室へと消えた。

居間に一人残された私は、事の真相を知りたいと、そればかりを思った。

剛が理沙や梢に対し、何かひどいことをやったのだろうか。何もやらない夫に、妻がそんな態度を取るとは思えない。だが、底意地の悪い女狐ならやるか。

ソファ横のマガジンラックから、カメラのカタログやカルチャースクールの案内書がのぞいている。何だかどうでもいい悩みに思えた。七十からをどう生きるかなど、子供の苦境を前にすると吹っ飛ぶ。

母親は生きている限り子育て中なのかもしれない。恥ずかしいほどクサい常套句だが、「灰になるまで母親」か……。

翌日の土曜日、建を呼び出した。

「予定がある」だの「急すぎる」だのと断る一方だったが、建の予定など彼女とどうするのと、そんなものに決まっている。

「一大事だから、こっちを優先して」

と電話を切った。

私は建が何らかの事情を知っている気がしてならなかったのだ。

建を呼んだと聞いた夫は、猛烈に怒った。

「何で建を巻き込むんだ。放っておけとあんなに言ったろ」

「放っておくために、様子を聞くの」

「建が知ってるわけないだろ。剛は弟にだってしゃべってないよ。わざわざ呼ぶな」

私は全部聞き流した。

午後になって、建がやって来た。夫が、

「予定変えさせて申し訳なかったな。彼女か?」

と言うと、手を振った。

「ああ、いいのいいの」

「そうよね、建は彼女がいっぱいいるんだもんね」

「さすが、よくおわかりで」

「いっぱいいる中から結婚してよ、そろそろ」

「何で一人に決めるの。ヤだよ」

この性格が剛に半分でもあれば、女狐なんぞすぐ捨てたのにと思う。

「建、パパもママも見ちゃったのよ。お兄ちゃんが公園にいるとこ」

建は全然驚かなかった。

「だから、俺、結婚しないの。結婚は男にとって何のメリットもない。だろ、パパ」

「俺に聞くな」

建はケロッと言ってのけた。

「バレてるなら言うけどさ、兄貴んち、ほとんどシェアハウス状態だよ。兄貴も理沙さんも梢も、自分の部屋に引きこもって」

「梢も？」

「梢は二人に気を遣って、一人の方が楽なんじゃないか？　可哀想だよ、もともとパパっ子だし」

建は冷蔵庫からビールとりんごジュースを取り出した。

「剛は、お前には色々と話したのか」

「いや、話さないよ、ほとんど。だけどさ、ノー残業デイとかで、週に何回かはイヤでも定時で帰らないとなんないだろ。メシ食おうって俺に電話がくるわけよ。そのたびに、こっちはたくさんいる彼女をドタキャンして」

「それ、いつ頃から？」

建はノドを鳴らしてビールを飲んだ。

「うーん、半年くらいはたつかな」

半年もひどいめに遭っていたのか。

剛からの誘いが続くと、さすがの建も家庭に何かあると思ったらしい。

「メシ食いながら、さりげなくさぐったよ。『女二人に男一人って家族、大変だろ』って」

剛は苦笑して答えたという。

「大変だよ。女房も娘もうるさいうるさい。トイレの使い方までイチイチ注文つけるしな。『パパ、オシッコはパンツおろして座ってやって』だ。『ゴミ出しはパパの仕事よ』とか、もうすごいよ。女系家庭は」

建は夫と私に笑った。

「うまくはぐらかされたよな。俺はトイレやゴミ出しの話聞きたいわけじゃないからさ」

半年近く「メシにつきあって」いるうちに、建は気づいた。家庭内での兄の孤立は、だんだん深くなっている。

「兄貴が何か言っても、理沙さんは返事しないらしいよ。梢もそんなとこ見たくないもんな、自分の部屋にこもるよ」

梢が哀れだった。剛はあんな女狐を捨てて、梢と二人でここに帰って来ればいいのだ。お祖父ちゃん、お祖母ちゃんといる方がずっと真っすぐに育つ。

「建、理沙がそうなってるのは、剛が何かやったのか」

夫の問いに、建はハッキリと否定した。

「それはないね。俺ならやりかねないけど、あの兄貴はできない」

「剛は不倫すりゃいいのよ」

夫は呆れて私を見たが、建は手を叩いた。

「それ、俺も言ったよ。女房が返事をしないのは、モラハラで犯罪だよって。そんなツラ見続ける生活は、不倫の正当な理由になるって」

その通りだ。不機嫌ヅラの女房が居るというだけで、拷問だ。会社で上司に気を遣い、家では女房に気を遣う。家庭がホッとする場所でなくなったら、何のための結婚だったのか。

「俺も半年かけて、これくらいだよ、わかったのは。だけど、ブランコが一番安らぐ場だってのは、確かだと思うよ。な、俺が絶対に結婚しないってわかるだろ」

　建はこの時とぞばかりに、言い放った。

「俺、パパ見てても兄貴見てても、男にとって結婚がいいものって思えないもんなァ」

「ちょっとちょっと、ママはちゃんとやって来たよ。理沙さんとは違うよ」

　そう言ってチラと夫を見ると、薄く笑っていた。

　この人もきっとどこかで思っているのかもしれない。「今度生まれたら、夏江とは結婚しない」と。

「ママがどうとかじゃなくてさ、結婚さえしちゃえば、女って突然図太くなるだろ」

　夫が諌めた。

「女の全部が全部じゃないよ」

「あ、そうね、そう。ごめん。ごく稀に、結婚しても図太くなんない女もいるかもな。だけど他人とずっと暮らすのは男も女も無理よ」

「いや、離婚や死別した男女で、再婚を望む人って多いらしいよ。新聞に出てたな」

「そいつらバカ。じゃ、俺帰るわ。彼女と会うのは夜にしたから」

建は立ち上がり、

「ママにまでバレてること、兄貴には言わないでおくよ。あとは兄貴と三人で話つけて」

と言うと、ツマミのピーナッツを口に放り込み、出て行った。

居間に残された夫と私は、ソファにへたりこんでいた。力が出ない。

あの剛が、たかがあんな女になぜ帰宅恐怖症にさせられるのだ。

「私、よくわかった。姑が嫁にムカつく理由が。それ、嫁いびりじゃないの。大切な息子をないがしろにする嫁に腹が立つの。嫁が悪いの。だけど、世間じゃいびりとゴッチャにするんだよね。それも息子が悪いことやったのなら別よ。やってないのに仏頂面するんだから、叩き出して塩まきゃいいのッ」

「嫁の親だって同じこと思ってるよ。可愛がって大切に育てた娘が、結婚してどうも幸せそうじゃないなとかさ。あんなにいい子を嫁がせたのに、亭主は何をしてるんだって。一生懸命やってる娘を何で不幸にする、もう子供つれて実家に戻って来い、とかな」

そう、理沙の親は、きっと剛を悪く言ってるだろう。あんなにいい娘が、何だって口をききたくないほどの目に遭わされるのか。そう推測するに決まっている。

理沙の父親は、小さい時に髪にリボンを結んでやったことを思い出すだろう。母親は風邪をひいた自分に、小さな手で薬と水を運んでくれた姿を浮かべる。

親の気持はわかるが、娘の実体は女狐なのだ。

私は夫にきつく断じた。

「男は弱すぎる。結婚すると特に弱い。これが一番問題」

その通りなのだから、夫には何も言わせない。

「息子であれ娘であれ、子供が幾つになっても、親にとっては可愛いわよ。だけど、建の言う通りよ。妻というものは図太くて、ふてぶてしくて、やられたらやり返す。夫にはそれができないの。女房子供の言いなりになったり、ご機嫌うかがったり、果ては帰宅恐怖症。女房叩き出す度胸もなけりゃ、不倫する根性もない」

「男の全部が全部、そうじゃないだろう……」

「あ、そうよね、そう。ごめん。ごく稀に、結婚しても強い男もいるかもね。だけど、私は今度生まれたら娘がほしい。化け猫かぶってたぶらかして、強くて底意地が悪くて、女狐になって夫に気を遣わせる。娘が安心」

夫はふうっと笑った。

「男は弱いんじゃなくて、もめたくないんだよ」

「え？」

「家庭がもめること考えりゃ、何も言わないで公園で時間つぶすくらい、何でもないからな」

「……剛もそうだって言うの？」

「さあ、わからないけどね」

夫はそれっきり黙った。

週明けの月曜日、姉に「聞いて欲しいことがある」と電話をかけた。

「四時過ぎなら来ていいよ。歯科医院の若い子の結婚式に出るけど、その頃には帰ってる」

一人で時間をやり過ごすのがつらく、早めの電車に乗った。いつもはマイカーで行くが、運転中に剛のことを考え、事故でも起こしかねない。

東村山駅からゆっくり歩いたつもりだが、それでもかなり早く着いてしまった。

「オッ、早いねえ」

芳彦がジャケットに腕を通しながら、出迎えてくれた。姉は結婚式から帰ったところで、電話中だと言う。

「ナーニ、芳彦さん。またカッコよくキメちゃって。どこ行くの？」

「高校の同期会なんだよ。以前もたまにやってたけど、干支(えと)が六周して先が見えてきただろ。これからは毎年だってよ」

「年取るとクラス会とかよくやるって言うよね」

リビングに入ると、ちょうど姉が受話器を置くところだった。

「お姉ちゃんは出なくていいの？」

「結婚式の後、続けて出られないわよ。くたびれちゃって。だから、早々と欠席の返事出してあるし」

「俺としては、女房とそろって出たいって何度も言ったんだけどさ。必ずみんなに言われるもんな、『信子は?』って」

「これからは毎年だってから、来年は行くわよ。みんなにそう言っといて」

芳彦は渋々とうなずいた。

「そうだ、帰りにパン買って来て」

「いいよ。お前の好きなミルクブレッドだろ。じゃ、夏江ちゃん、ごゆっくり」

芳彦は片手を挙げると、出かけて行った。

「お姉ちゃんたち、仲いいよねえ。高校の同級生と結婚すると、ずっとあの頃が続くんだろうね」

「そ。芳彦は単純だから、私といるとずっと十八なのよ」

そう言う姉はちょっと嬉しそうだった。

私が買って来たケーキで紅茶を飲みながら、剛のことを話した。建と夫の推測も入れて全部だ。

「夫は夫婦に任せろって言うし、私も口出しは一切しない。だけど、たぶんあの女房、ずっとこの先もこうだと思うと……」

剛が不憫だという言葉を飲み込んだ。七十過ぎた老母が、四十六にもなる息子を不憫がることは、相手が姉でも恥ずかしい。

「あの剛ちゃんがねえ。あんな優しい子が、ショックだなァ」

「ね」

「今でも覚えてるけど、和ちゃんが海外出張で、夏江が子供二人と留守番してたことあったじゃない。剛が八つかそこらよ。あの時さ、剛がママと弟を守ろうとするんだよね」

「……そうだっけ」

「そうよ。私も一緒に信号渡る時さ、剛が建の手を引いて、『ママ、僕の後ついて来て』って左右を見て」

「……忘れた」

「あの時、男の子って可愛いなァ、守られる母親は幸せだなァって思った」

「私は今度生まれたら、娘を持つ。もめたくないからって、嫁の顔色うかがう息子はもうたくさん」

「娘は確かに強い。ミキを見ていても、シンちゃんは完全に尻に敷かれてるものね」

「私、剛がこういう目に遭わされる予感、したことあるの」

梢が幼稚園の年長クラスという時だった。剛が一家で遊びに来た。夫は孫娘と庭で歓声をあげており、私は出前の寿司を出しながら聞いた。

「小学校は私立受けさせるの？」

その時、剛を前にして、理沙がニコリともせずに答えたのだ。

「私は私立にやりたいんです。だけど、うちなんかじゃとても剛の稼ぎでは私立にやれないということだ。剛の収入は知らないが、「うちなんか」と剛の前で言う。剛の母親の前で言う。この嫁は頭が悪い上に、教養もない。こういう女は暴れ出すと手をつけられなくなるものだ。

そして今、暴れ出した。

それを聞いた姉は、ちょっと苦い顔をした。

「ミキも言いそう。注意しとこう」

「シンちゃんはほとんど入り婿状態だけど、向こうの親は？」

「息子が幸せならいいんじゃないの。芳彦も私もすごく大事にしてるし」

姉は果物をむきながら、思い出したように聞いた。

「夏江、カメラはどうした？　カルチャー、申し込んだの？」

「今、考えられない」

「だろうけど、始めるんなら早い方がいいよ。昔には戻れなくても、新しい生活は幾つからでも始められるんだから」

高梨公子のようなことを言う。

私は今、自分の生き方なんて考えられない。姉も親ならわかりそうなものを、「娘」というふてぶてしくて強い子供を持つと、ピンと来ないのだろう。

「小野君だっけ？　彼にはもう仕事頼まないの？」

「うん。じゃ、私、そろそろ。また来る」

そう言って玄関に向かい、全部話したことを後悔した。剛に恥をかかせただけだ。

東村山駅から国分寺線に乗る。だが、つい剛のこれからを考え、中央線に乗り換えそこねた。やはり、マイカーで来なくてよかった。

国分寺駅に戻り、中央線に乗り直す。あいている座席に座り、もう考えても仕方がないと思った。

子供の不幸は親の不幸だが、口出しできない以上、悩んでもしょうがない。息子夫婦は四十六歳と四十五歳、親が出る幕はない。

それより、姉が言うように自分の生き方をまた考えよう。趣味と、他には子や孫の心配しかないバアサンにはなりたくない。

電車が吉祥寺(きちじょうじ)駅に着いた時、元気のいい女たちが四、五人乗って来た。私の座席のすぐ近くに立つ。

「おいしいよね、いつ行ってもあの店」

「高いだけのことはある」

「ただ、スクールの後は、ランチに間に合わないからなァ」

そう話す彼女たちは、みんなテニスのラケットを抱えている。テニススクールに通うオバサン、いや「大人女子」なのだろう。夫が働いている時間、楽しいことだ。

私は心の中で「テニスにお金なんかかけたって、プロになれるわけじゃないよ。今なら間に合うから、人生をやり直せる何かを始めなさいよ」と思っていた。

会話の主たちは幾つくらいかと、目を上げた。息を飲んだ。五人の一人が理沙だった。

それまでちょうど陰になって私の座席からは見えにくかったのだが、乗客が動いた今、はっきりと見えた。

慌てて寝たふりをした。しっかりと顔を下に向ける。

「理沙の新しいラケット、やっぱ、いいね。今日のサーブ、コーチもほめてたじゃん」

「ラケットのおかげじゃなくて、私がうまくなったってこと」

「いや、ラケット。高いだけのことはある」

「この人、これぱっか」

私の腸が煮えくり返った。

女狐は、剛の稼いだお金でテニススクールに行き、高いだけはある外食を楽しみ、高いだけはあるラケットを買っているのか。

短期のパートはやっていても、その稼ぎなんて知れている。何から何まで剛の稼ぎじゃないか。なのに、剛には食事も作らず、不機嫌な仏頂面で返事をしないのだ。女狐はせめて「コン」と返事しろ。

夫に寄りかかって生きながら、その夫を帰宅恐怖症にする。よく恥ずかし気もなく、テニススクールに行けるものだ。どのツラ下げて「うちなんか」なんぞとぬかせるのか。

むろん、主婦の働きは大きい。給料に換算したら、夫と同等であることは間違いない。今の女性は仕事を持っていることが多い。だから、そんな多くは夫婦で話し合い、家事を分担している。

だが理沙のように専業主婦の場合、家のことが仕事なのだ。夫が外できちんと働いて給料をもらうようにだ。私はそう思っている。

決めた。私は口を出す。

阿佐ケ谷駅に着くと、理沙は仲間たちと、

「また来週ねーッ」

と明るくハイタッチをし、下車した。ブランド物のバッグを肩にかけていた。


翌日、夫が翻訳の打ち合わせに出かけるなり、理沙に電話を入れた。

「理沙さん、今日いる？　ちょっと寄りたいの」

理沙にしてみれば、姑に来られるのはイヤだろう。だが、私は年に一、二度しか行かないし、これまで口出ししたことも一切ない。理沙の好きなようにさせて二十年余だ。

理沙もそれをよくわかっていると思う。

「お義母さん、どうぞ。今日はいますから」

「すぐ帰るからね。じゃ、後で」

私は駅前で剛と梢の分もショートケーキを買い、電車で出かけた。

迎えた理沙は化粧ひとつしていない。薄い眉毛が怖い。この顔で不機嫌とくれば、誰だって後ずさりする。剛でなくともブランコの方が安らぐ。

姑が来るとわかっているのだから、眉くらい描いて出迎えてもいいだろう。洗いっ放しのこの顔を、剛は毎日見ているのか。これだけで十分に不倫の理由になる。

久々にあがると、玄関もリビングもかなり散らかっている。テーブルの上には雑誌や新聞が積まれ、ソファには取りこんだ洗濯物が山になっている。

私は見ぬふりをして、笑顔でケーキを差し出した。

「嬉しいです。ここのショートケーキ、私も梢も大好きなんです」

剛の名は出ないのか、剛の名は。

「家の中、片づいてなくてすみません。急だったもので」

何が「急」だ。二時間も前に電話を入れただろうが。

ああ、この嫁に何かいいところがあるのだろうか。剛と結婚したくてしたくて、必死な姿に剛も私たちもほだされた。バカだった。

しばらくの間、天気がいいの悪いのと話したが、理沙は相槌(あいづち)を打つ程度である。こんなこと、いつまでもやっていられない。

ストレートに、優しく、理沙の味方ぶって話すと腹を決めた。

「剛がね、毎日、寄り道してから帰るみたいなの。建が言うには、家に帰っても安らがないんじゃないのかって」

理沙には、さほど驚いた様子がなかった。

「理沙さん、気づいてたの？」

「いえ、全然」

サラッと言う。ムッとした。だが、優しく聞いた。

「このこと、剛自身は何も言ってないのよ。何で安らがないのかって考えても、理沙さんが理由もなく、冷たく当たるはずはないし。絶対に剛が悪いんだと思うから。理沙さん、何かやられたんでしょ？」

「いえ、別に」

仏頂面の眉なし女狐が、短い答をするとさらにムカつくものだ。

「そう。じゃ、何で帰りたくないんだろ。主人にもきつく言われてるの。夫婦の問題に口を出すなって。でも本当の理由が知りたいだけ。ね、剛に何をやられたの？」

「ご心配おかけしてすみませんでした。思い当たることはありませんし、剛さんも私もずっと普通です」

よく言うものだ。

「そう。じゃよかった。ごめんなさいね、勝手に心配して」

「いえ」

「私が来たこと、剛に言っても言わなくてもいいわ。理沙さんのいいようにね」

「はい」

私は帰ろうとバッグを引き寄せた。

「さっきのケーキ、剛の分もあるからね」

理沙はカチンと来たらしい。

「剛さんに食べさせないと思ったんですか」

ほう、喧嘩売る気か？

「違うの。剛がまた帰りたがらなければ、冷蔵庫にでも入れておいてねってこと」

「どこにでも置いておけば、食べたきゃ食べますから」

なるほど、この言い方ひとつで、この女の底意地の悪さが全部わかる。私はどう返すべきか。

すると、理沙が、

「私、剛さんを無視することしか、楽しみがない感じなんです」

突然、こうぬかした。何もやってない息子を無視することだけが、快感なわけか。それならこっちも言う。だが、この女とわかりやすい喧嘩はしない。そこまで幼稚な七十ではない。

「正直に言ってくれてありがとう。でも……理沙さん、落ちるとこまで落ちたのね」

「え？」

「私が昔、会社勤めをしていた時、頭が悪くて、陰湿な女子社員がいたの。一人にターゲット絞っていじめ抜くわけよ。頭が悪いのに、いじめに関しては頭が働くの。顔もどんどん下品になって」

黙る理沙は、たぶん自分と重ねている。「女狐」と口に出さないだけ、ありがたく思え。

「その頃、何かで読んだのよ。人間って本当に悪くなると、他人を傷つけて快感を得るしか興味がなくなるって」

ふと目を伏せた理沙に、静かに言った。

「私はその女には絶対に近寄らなかったけど、ターゲットにされた女子社員は、一人残らず退職したわ。それって大正解よ。イヤなことからは逃げるが勝ち」

理沙は目を上げない。

「今の世の中、小学生からママ友まで、いじめが問題になってるけど、直らないわよ。たったひとつの快感を手放すわけないでしょ。我慢する価値もない相手からは、トットと逃げるが勝ち」

言葉の裏に「剛も今に逃げるよ。必ず逃げるよ」という意味があることに、理沙は気づいただろうか。そこまでの頭はあるだろうか。

私は引き寄せたバッグを置き直した。

「梢のことを一番に考えて、どうするか決めることよね。仲よしの家族に戻れればベストだけど」

それは私の本音だった。だが、嫁が態度を改めないなら、私が剛に逃げろと勧める。

しばらくうつむいていた理沙が、大きく息を吐いた。

「私、コーヒー店を開くのが夢で、剛さんも頑張れって言ってくれて」

何の話だ。初めて聞いた。

「私はコーヒーの抽出専門家の資格を取ろうと、結婚してからバリスタになる学校に行きました。授業は梢が帰る前に終わりますし」

月謝も剛の収入から出したのだろうが。何の文句がある。

「その時、剛さんのシュトゥットガルト勤務が決まって、どうしても一緒に来いって」

「普通そうよね」

「でも、バリスタの勉強、大事なとこだったんです」

「そう。でも、たいてい、妻子は一緒に行くわよね。よほどの事情でもない限り」

「はい。ですから、一年だけ先に行ってとお願いしました。猛勉強して資格取ったらすぐ追うからって。一年間なら、梢もママと残ってがんばると言ってくれましたし」

「でもあなた、ワインを飲み比べるとかって、ドイツに喜んでついてった感じがしたけど」

「はい。絶対に絶対に、絶対に家族で一緒に行くって言われて。ここで我を通したら離婚になると思って、なら嬉しそうに従おうと決めたんです」

だが、ドイツに行ったのは五年前だ。今頃、何で夫いじめをするのだ。言葉を飲んで黙っていると、理沙の方から言った。

「バリスタの学校で仲よしだった夫婦が、半年前にコーヒー店を開いたんです。私が理想としていたような」

「それで、自分がこうなったのは剛のせいだと、頭に来たわけね」

理沙は答えなかったが、そう思っているだろう。

かつて、私も木下紘一のバイトを許してもらえなかった。あの時の私も「夫のせいだ」と思った。

今でも、「あの時、バイトをしていれば」と考えることがある。加齢と共に、社会の八方塞りは強固になる。それを思い知らされたからだ。

「理沙さん、その時、あなたがバリスタの資格を取ったところで、果たしてお店を開けたかどうかわからないのよ。選ばなかった方の道を選んでいればと思っても、そっちに行ったらもっと失敗したなんてこと、あるんだから」

「はい……。小学生の頃、自分ではコーヒー飲めないのに、豆をひいて淹れて、父がこんなうまいコーヒー飲んだことないって。幼い娘を喜ばせたいだけですが、私はそれからサーバーやドリッパーを買ってもらい、粉やお湯の量を考えて……。豆の勉強が面白くて、いつかお店を開こうって」

昔を思い出している彼女を、初めて哀れだと感じた。しかし、私だって園芸を捨てて、望む結婚をした。理沙もそうだ。ただ、それと引きかえに、私は何もできることのない七十になった。理沙とてたぶんそうなる。

人間はすべてを手に入れることはできないのだ。手に入れているように見える人は、必ずどこかにシワ寄せが来ている。

もしも、バリスタの資格を取ったとする。だが、それを仕事にするのは、並大抵のことではあるまい。

資格が役に立たないまま、理沙が七十になったら、世間は「家族においしいコーヒーを淹れる喜び」に向かえと言うのだ。

私は人生をやり直すのは、四十四歳までだと思っている。

それ以上でもやり直せるだろうが、自分の上に立つ人間が若くなることがふえる。若い上司やスタッフは、年長の新人を使いにくいだろう。教えにくいだろう。

四十五と四十四ではイメージが違う。六十九と七十よりはましだとしてもだ。

「理沙さん、剛と別れてもいいと思うよ」

驚いて顔を上げた理沙の体が、何だか小さく思えた。

「年取るごとに、人生は膠着（こうちゃく）するの。道は閉じる」

それが現実だ。

「ただ、二人には親として責任があるから、梢を第一に考えて夫婦でよく話しあって」

小さな理沙の、うなだれた首が細い。

「子供のことをきちんとしたら、結婚に価値を見過ぎることはないよ。自分の人生を動かすことね」

私にはそれができなかった。

「理沙さん、世界を股にかけるバリスタになりなさい」

理沙は涙ぐんだ。

「ひとつだけ条件がある。子供を一人育てられるくらい、経済力のあるバリスタをめざして。すごく難しいことだけど」

遠い昔、母に言われたことだった。

私のような七十歳になってはいけない。この嫁に感情移入はできないが、今なら間に合う。結果はどうあれ、新しい人生を切り拓ける年齢だ。

剛を守ろうと、対決する覚悟で来たのに、つい理沙を守っていた。

駅へと歩きながら、気がついた。「今度生まれたら」と考えることは、今の自分をどうするかと考えることなのだ。

剛は今晩、あのケーキを食べるだろうか。

夫はもう公園には行っていない。私が理沙と話したと知り、「よけいなことをッ」と吐き出すように言ったが、それだけだった。

あれっきり理沙からの連絡はない。私との話を剛にしたのかどうか、剛からも音信はまったくない。

七十二歳と七十歳の、静かすぎる毎日が過ぎていく。

七十二は蟻んこクラブの会長になり、いつにも増して張り切っている。あれほどのエリートが、この程度の趣味になぜ夢中になれるのか。一度聞いたことがあるが、答にはなっていなかった。

私自身はもうあがかず、あるがままに年齢を重ねると決めた。決してヤケになっているわけではないし、七十代は若い。だが、これまでさんざん考え、あがいた末にわかった。一般高齢者の行きつく地点は、結局「趣味」しかない。

やりたい趣味があればやり、できるボランティアがあればやり、楽しもうと頑張って、残りの人生を消化していく。そう決めた。

七十になっても現役の佐保子には、私とは無縁の苦労があり、努力を要求されているだろう。それが幸せかどうかはわからない。ただ、自分に与えられた人生を元気に、弾んで歩いて行く。佐保子にとっても私にとっても、「今度生まれたら」より、今なのだ。

理沙と話してから、一ヵ月ほどたった頃だろうか。突然、剛から電話があった。

「メシおごるよ。パパもママも中華、どう？　うまい店があるんだ」

声のトーンはいつも通りで、何の変わりもない。だが、間違いなく理沙との話だろう。

新宿の指定された店に行くと、個室に剛と理沙がいた。理沙までいるとは思わなかった。

「梢は？」

夫が聞くと、理沙が笑顔で答えた。

「今日は、私の実家に預けた方がいいと思いまして」

料理が運ばれてくる前に、剛が頭を下げた。

「色々と心配をかけて、申し訳ない。いいトシこいた夫婦が」

理沙はもっと深く頭を下げた。

「いやいや、ママが心配しすぎなんだよ」

夫がすまなそうに言ったが、私が動いたからこそ、こうして四人で会うことになったのだろうが。

「俺と理沙、よく話して、梢の気持を聞いて、今後を決めたから」

「ご心配をおかけ致しました」

今日の理沙は眉を描き、口紅まで塗っている。

「俺たち、別居する」

夫は息を飲んだが、私はあり得ると思っていた。

「離婚前提か？」

剛は明るかった。

「いや、離婚って言葉を一度出すと、二度と戻れないからね。戻るも前提、戻らないも前提。な」

そう言って理沙を見た。

「はい。一度こうなると、すぐに昔のようには生活できませんし。それよりは別居して時間を置いて、じっくり考えようってなりました」

「理沙と梢は今のマンションに住んで、俺は近くにアパート借りる。梢は自由に行き来するって言ってるよ」

何だか剛は快活に思えた。妻の顔色をうかがう日々から解放され、不安や心配はあっても、閉塞感が消え去ったのだろう。

「お義母様に『やり直すなら今よ』って言われて、決心しました。バリスタをもう一回めざします。小学生の時から私の一番好きなことです。もう絶対に何か新しいことに目は移しません」

たとえ資格を取ったところで、将来はそう開けない。

だが、世間から趣味をあてがわれる七十歳にならないために、若いうちに行動してみることだ。

「理沙さん、バリスタになれなかったとか、店を開けないとか言って、また戻れるとは思わないでね。結婚は保険じゃないの」

理沙は強い目でうなずいた。

あとの詳しい金銭問題などは、二人がよく知っている弁護士を頼み、まとめると剛は言った。

今日の理沙は明るく見えた。

「バリスタ学校の授業料とか実習費とか、その関係のお金はもちろん、私が出します。少ししかありませんが、個人の蓄えを切り崩して、あとは喫茶店でバイトできれば一石二鳥だなと思ってます」

「半年前に店を開いた友達、あの夫婦のとこは？」

問う剛の目がやさしい。

「断られちゃった、とっくに。バイト雇えるだけの稼ぎがないから、コーヒー飲みに来て売上げに協力しろって」

答える理沙の目も笑っている。

彼女も心配や不安はあっても、自分で道を切り拓く人生に高揚しているのだろう。

夫が八宝菜（はっぽうさい）に箸をつけながら、言った。

「二人とも思うようにやってみて、また考えが変わったら、よく話し合えばいいよ」

確かに、その先はその時だ。前もって考えたところで、先などどんどん変わる。

口にはしなかったが、この先、理沙が戻りたいと申し出た時、剛に女でもいたら復縁を断ればいい。もっとも、その女も結婚したら、たちどころに女狐化する危険性はゼロではあるまい。

「これから梢を迎えがてら、二人でうちの両親に報告に行きます」

そう言って、理沙が化粧室に消えると、剛が苦笑した。

「しかし、女房が不機嫌、無視ってのはホントにこたえるね」

「週刊誌なんかで話題になる帰宅恐怖症は、普通、奥さんの方が格上の場合が多いじゃない。格差婚って言うか。剛のとこなんて、奥さんはずーっと格下なのにね。いい根性してるよね」

「いや、俺は帰宅恐怖症までは行ってないよ。ただ、公園で一呼吸置くのがラクって言うかさ」

同じだろうがと思ったが、剛のプライドを考え、言わなかった。

「格下妻が一人になってみれば、格上夫の有難味がわかるわよ。途中で野垂れ死ぬなら、それも自己責任だしさ」

夫が取りなした。

「女房の有難味がわかって、剛の方が途中で野垂れ死んだりしてな」

ありきたりで芸のない取りなしだが、私は忖度して笑ってみせた。

「建には二日前かな、話したんだよ。あいつ、『いいねえ！　嫁を捨てよ町へ出よう！』だってさ」

夫はまたも、

「理沙も、夫を捨てよ町へ出よう！　としてるしな」

と、つまらないことを言った。とても続けざまに忖度はできなかった。

実は理沙の決断は、私にちょっとした刺激を与えていた。コーヒーの道について、

「小学生の時から、私の一番好きなことです。もう絶対に何か新しいことに目は移しません」

と宣言した言葉だ。

理沙はかつて、アクセサリー教室に通っていた。私に、

「うまくなれば、ネットで販売できるんです」

と言って、ガラス玉だったかをくっつけたネックレスをくれた。人前ではつけられないシロモノだった。

確か、カラーコーディネーターの講座も受け、絵手紙の教室にも通っていたはずだ。お菓子の先生にもついていて、シュークリームをごちそうになったことがある。まずくはないが、売り物にする味ではなかった。

たぶん、理沙はドイツから帰国後、何か新しいことを始めようと考えたのだと思う。可能ならプロになり、せめてネットで売ったり、自宅で教室を開くくらいはできないかと考えたのだろう。

が、どれもダメだった。どれもいい趣味にはなるが、そこ止まりだとわかったのではないか。

そして、夫に八つ当たりしてまであがき、行きついたのは「小学生の頃から一番好きなこと」だった。

新しい何かを始めるのではなく、小さい時から好きな、得意なことをやる。自分の潜在能力を生かすやり方だ。その能力がどれほどのものかはともかく、理沙はそこに行きついた。

私もカメラだの蟻んこだの、やりたくもない何かを始めるより、潜在能力を生かすべきだろう。

園芸だ。園芸に戻ろう。

だが、小野に仕事をもらおうとか、もうあがかない。他人の世話にならなくても、潜在能力を生かすだけで、日常は変わってくるのではないか。

ふと、放りっぱなしの庭を見た。私の「(70) 問題」が勃発してからは、庭どころではなかった。しかしそれまでずっと、色とりどりのバラがフェンスを這っていたのだ。

庭に出てバラの木や枝をチェックしてみた。今から手当てをすれば、もっと元気になる。咲く。まずはやってみようか。すべてはそれからだ。仕事にはならなくても、潜在能力を生かす何かができるかもしれない。

高梨公子の「人はみんな可能性を持って生まれてくる。それを殺しては親が可哀想」という言葉が甦った。

はっきりとそう腹を決めると、初めて心が晴れた。

たぶん、コーヒーに絞ると決めた時、理沙もそうだっただろう。眉のない女狐を見なくてすむ剛もだ。


夫は蟻んこクラブの会長として、最近の活動量はさらに増えている。自身のワンゲル訓練はもちろんだが、A組やB組の指導にまで出かけている。

私は園芸の雑誌やDVDを次々に買い、勉強しているが、夫は気づいてもいない。庭に手が入り始めたことさえ、まったくわかっていないだろう。

それでいい。夫の潜在能力はワンゲルで、やはりそこに戻ったのだ。私は自分の心が今までになく平安になっていて、笑った。

平安な妻が、おいしい鍋の用意をしていると、ドアチャイムが鳴った。夫が出て行き、すぐに建と入ってきた。

「あら、どうしたの、建」

「ちょっと話があって」

それだけでわかった。私がさらに平安になる日が、とうとう来た。とうとうだ。

「建、決めたね！」

「決めた」

「よかったァ。何のかんのと言っても、こういう手料理のある暮らしがいいとわかったか。パパ、私と建はシャンパンにするね」

弾んだようにグラスを出そうとする夫に、建がストップをかけた。

「俺、会社辞めたから」

グラスを持つ夫の手が止まった。何が起きたのか私もわからなかったが、ヘラヘラと言っていた。

「よくできたお嬢さんねえ。一流企業を辞めた男と結婚決めてくれたんだ」

「何それ。俺、結婚しないよ」

「え？　建、決めたって」

「結婚じゃないよ。俺、スペインに住むこと決めたから」

建は湯気をあげる鍋を見ながら、

「うまそ！　では三人で頂きながら、俺の『決めた』をお話ししましょーッ」

と、夫からシャンパングラスを取り、テーブルに並べた。

第七章

建は三人のグラスにシャンパンを注ぎ、夫にも手渡した。

「お祝いだから、パパも形だけな。俺が飲むから」

乾盃をしてしまっては、わけのわからないスペイン行きを、わけのわからないうちに許すことになる。だが、建はご機嫌に、

「カンパーイ!」

と叫ぶと、すぐに夫のシャンパンも飲み干した。

「建、何なの。突然スペインって」

私はシャンパンに口をつけず、テーブルに置いた。

「ああ。有名なギター製作家に弟子入りする。外国人の弟子を取る気はないって言ってたらしいけど、黒木さん、黒木哲郎さんね。彼が師匠を熱心に口説い

てくれて。見込みがなけりゃ追い出されるけど、このチャンス、絶対に食らいつく。俺のこと認めてくれたんだよ、あの黒木哲郎が！」

建はよほどの気合いなのだろう。一気にまくしたてた。

「黒木哲郎さん……って？」

「日本のギター製作の第一人者だよ。黒木楽器の二代目社長」

私も夫も初めて聞く名だったが、「黒木楽器」は有名だ。知らなかったが、ここは日本のギター製作のトップを行くのだという。その哲郎社長もスペインで修業し、向こうの一流プロにも一目置かれているそうだ。

「三、四年前かな。黒木さんと縁ができて。俺は演奏をずっとやって来たけど、製作の話が刺激的なんだ、これが」

建はよく黒木のギター製作所にも遊びに行っていたらしい。

「フラメンコギターのこと、もうホントに何でも教えてくれてさ。スペインレストランのバイトも黒木さんが紹介してくれたし」

赤坂（あかさか）だかのレストランでギタリストとして、フラメンコショーに出ていることは知っていた。

「会社、もう辞めちゃったの？」

「うん。三ヵ月前」

夫も私も声が出なかった。三ヵ月も黙ってたのか。

「兄貴には言ったよ。メシにつきあわされてる時で、家庭に何かあるなって思ってた頃だよ。兄貴、スペインのことは親には土壇場で言えって。心配させるからって」

「でも、別居とスペイン、結局は兄弟同じ頃に心配させてるじゃないの」

「心配ないって。兄弟は四十六と四十だよ。六歳とゼロ歳じゃないいんだからさ」

建は新しいビールをあけるたびに、夫にもりんごジュースを注ぐ。

「今は毎日、黒木さんの製作所に通って、教わったり、話聞いて。レストランのショーにも毎晩出られるし、ホント幸せな俺！」

屈託（くったく）のない笑顔だった。小学生の頃、大きなヤモリをつかまえて、私に見せた時の顔に似ていた。

「スペインのどこに住むんだ」

「ちょっと待ってよ、パパ。私は許してないからね」

建はどこ吹く風だ。

「あとで住所教えるけど、師匠の工房のすぐ近く。スペイン南部のアンダルシアって地方で、フラメンコが生まれたとこだよ」

「いつ行くんだ」

「パパ、待って」

「来月」

「土壇場だな」

四十歳にもなる男が、退路を断って道を決めた以上、老いた親が口出しできるわけはない。だが、決していい道だとは思えない以上、子供の自由にさせるわけにはいかない。

「いつ帰って来るんだ」

「ちょっと、パパ！　建、待ってよ」

「いつ帰るかは、まったく未定だよ。何てったって、師匠はアントニオ・デ・トーレスの流れを汲む大家だよ。世界の至宝みたいな楽器作るんだから」

「至宝……。見当がつかないな」

「ギターのストラディバリウス」

「それはすごい」

「だろ。こんなチャンス、ありえないって。俺、学べるものは全部学ぶまで、帰る気ないよ」

「もし帰って来たら、独立できるのか」

「一般には十年くらい修業して、独立可能って言われるけどさ。現実にはそこから販売ルートを作りあげて、一人立ちには十五年から二十年ってとこだろな」

「二十年?! お前、六十だぞ! 還暦だぞ!」

「言っとくけど、それでも独立できる保証はないよ。ギターは、乾燥して寝かせたギター用の用材が生命でさ。それをしないと木が暴れちゃうんだよ」

「暴れるのか?」

「そう。質のいい用材は、新参者の手には入りにくい」

「で、作り方をマスターしても、作る場がないってことか?」

私は夫に少し驚いていた。いざとなると、女親より男親の方が諦めるのも許すのも早い。そして男親の方が近視眼的な質問をする。

「ま、先のことは先のことだよ」

夫は、究極の近視眼で聞いた。

「お前、食っていけるのか」

建は鍋とビールを交互に口に入れ、当たり前のように答えた。

「食っていけるわけないよ」

「どうするんだ」

「周囲を見ると、俺の知る限りでは、フラメンコギター製作主体なら、パトロンに媚びるか女房に食わせてもらってるな」

「お前、女房いないだろ」

「いないヤツらは、カノジョ頼み」

「日本のカノジョ、連れてくのか？」

「まさか。一人だけ選ぶ気ないよ」

建は大真面目に続けた。

「黒木さんが言ってたよ。ギター作りに向くのは、社会不適合者だって。他のことは何も考えてないし、考えられない人間に向くって」

私は初めて少し笑った。

「建そのもの」

「な。俺もそう思うよ。黒木さん自身がそうだって言ってた。だけど、そういう人間は社会で何があろうが、平気でやって行けるの。だって、社会に適合しようと思ってないんだからさ」

夫は黙りこくった。やっと私の聞きたいことが聞ける。

「あんなにいい会社を辞めて、全然先が見えないことをやろうって、どこで思い切ったの？　いや、ママはまだ賛成してないよ」

「楽器って、作り手と弾き手の力が半々なんだよ。演奏がいいのにギターが悪いなァって思ったことは、黒木さんと知りあう前から何度もあって。そりゃ、俺もいいギターと出会いたいよ。有名ギタリストの銘器に触れるとゾクゾクするんだよ。楽器の凄(すご)さに半分、あとの半分は嫉妬で」

そして言い切った。

「なら、いっそ、俺が作る。黒木さんにもそう言った」

「だけど、四十歳で、それも外国人がゼロから始めて、モノになる？」

私が一番聞きたいことだった。

とかく「人間は幾つでもやり直せる」と言いたがる人は多いが、そんなものは綺麗ごとだ。やり直すには、ましてゼロから何かを始めて、プロになるには年齢に限りがある。それが現実だ。

建の無謀なやり直し計画は、普通に考えたら二十代前半がリミットではないか。

「ロベール・ブーシェっていう製作家がいるんだよ。パリ生まれのフランス人だから、外国人だよ。モンマルトルに住む画家だったんだけど、そのうち、ギター製作を見よう見まねで始めて。それで最初に作ったのは、一九四六年だよ。ブーシェ四十八歳」

夫がつぶやいた。

「ずい分、昔の話だな。昭和二十一年か」

「すごいな、昭和に換算したか。昭和でも昔でも、そういう人が一人でもいる限り、可能性は百パーセントだと思うから、俺」

「さすが社会不適合者は言うことが違うわね」

私のこんな皮肉が通じる建ではない。力一杯、自慢気に言う。

「今じゃパリ国立音楽博物館で『ブーシェ展』が開かれるほどなんだから。日本でも、たばこと塩の博物館でやってたしね。人間、何かを始めようと決めた時が一番若いんだよ」

「前向きバアサン」のようなことを言う。

もう、どうしようもない。いや、親の反対でとどめられるとは、最初から思ってはいなかった。

人は誰でも、幾つになってもやり直したいのかもしれない。

現実には、年齢と共に「今度生まれたら」という切ない地点にたどりつく。ならば、できるうちにやり直させる方がいいのだろう。たとえ、二十代前半がリミットの道でもだ。

だが、反対していることだけは示しておかねばならない。

「建の決断、ママは喜んでいないし、できればやめて欲しい。だけど、命をあげたのはパパとママでも、それはもう建のものだものね」

　そう言いながら、小野を思った。彼は安定した大企業を飛び出し、好きな園芸で大成功した。建にだって、その可能性があるかもしれない。

　建は頭を下げた。

「サンキュー。俺、会社に不満はなかったよ。だけど、先が見えるんだよな。あてがわれた仕事に取り組んで、課長、次長、部長って上がって、うまくいけば役員。それもうまくいけばの話だし、せっかく生まれてきたのに、その階段上(のぼ)る一生かよって」

　鍋のスープを音をたてて飲んだ。

「なら、自分が一番やりたい道を突っ走る方が面白いよ。どこでどう生きたって、先に何があるかはわかんないんだから」

　夫が苦笑した。

「ホント、先はわからないよな。パパだってあんな失敗をして、退職するとは考えたこともなかった」

　重すぎる例だった。

「何があるかわからない先々のために、今を犠牲にするほどバカなことはない。……のかもしれないな」

私のことを言われているようだった。いい結婚さえすれば、先々は盤石なのだと信じ切っていた。大学受験にしても、仕事にしても、先々のために今を犠牲にすることなど、何でもなかった。

そして今、「今度生まれたら」と考えている。

赤ん坊はどの子も、爆弾を抱えて生まれてくるのだ。夢を抱えて……と言ってもいい。

建の場合はギター製作家という爆弾。その道を行くことで、爆弾は初めて爆発できる。理沙のバリスタにしてもだ。

親としては安泰な道を歩かせたい。しかし、それは我が子が不発弾を抱えたまま、一生を終えることだ。

「建、途中でやめるな」

夫が強く言った。

「ギター製作家めざして、アンダルシアまで行って、ダメなら一、二年で帰って来てバイトでもする。そんな気はないんだろうな」

建は即答した。

「ない。芸術文化、文学はなきゃないでいい仕事だものな。そこで生きる以上、覚悟は決めている」

建も昔から一番好きなこと、得意なことに回帰したのだ。不発弾を抱いて終える一生を、よしとしなかったということだ。

翌日から、私はさらにバラの手入れに時間をかけ始めた。自分が昔から一番好きな、得意なことはこれしかない。

だが、緑地計画家になるという爆弾は、不発のまま墓場に持って行くことになる。自分で選び取ったとはいえ、何と虚しい一生だろう。せめて、園芸を自分の趣味以上に役立てられないものか。

だが、識者はまた言うだろう。

「自分と家族を喜ばせることこそ、すばらしいの。やっと今、それを楽しめる年齢になったのですよ」

別に楽しくはない。私自身と家族以外の人たちを喜ばせるなら、それは「すばらしい」ことだ。

このバラを近くの小学校や老人施設や、レストラン、病院の受付などにボランティアで届けることはできる。だが、水を換えたり、枯れた順に処分したり、相手の仕事をふやすだけだろう。忙しい人たちが生きた花をもらうことは、癒やされるより煩わしいかも、と思ったりもする。

結局は、自分自身を楽しませる趣味なのだと割り切るしかない。夫は花に関心がないし、いくら咲かせても、自宅前の道を行く人は、みな急ぎ足だ。

リビングに戻ると、夫がパソコンで何か調べている。

「お茶でもいれようか」

そう言って画面に目をやると、「ギター各部の構造と名称」と出ている。

「ギターってどういう作りをしてるものか、調べてみようと思ってね。建があそこまでのめりこむんだから」

パソコンの横には、ギターに関する本が何冊か積んであった。

「夏江、知ってたか。アコースティック・ギター」

「電気を使わないギターでしょ。『禁じられた遊び』とか弾いてるアレ」

「アコースティックとは別に、建が作りたいフラメンコギターがあるんだってよ」

　夫は本の、しおりをはさんだページを開いた。

「ギターは表と裏の板を、横の板がくっつけてるんだ。その用材は製材してから天然乾燥や人工乾燥して、含水率を下げていくらしい。天然乾燥なら四、五年から数十年かかるってよ」

「え?! 早くて四、五年ってこと?」

「そう書いてある。それもマダガスカル・ローズウッドとかホンジュラス・マホガニーとか聞いたこともない木だ。ハカランダとかいう木は、今、伐採も国際取引きも禁じられてるって」

「何だかわかんないけど、建が質のいい用材は、新参者には手に入りにくいって言ってたものね」

「どの本にも、そう書いてあるから、確かだな」

　そんなあやうい道を進もうとしているのか。

夫は本を閉じ、大きく伸びをした。

「な、明日の夜、建がギター弾いてるレストランに行ってみないか。ごちそうするよ」

思ってもみないことだった。スペイン料理のフルコースを、このケチな夫がおごってくれるというのか。

「いいの？　高いんじゃない？　店って赤坂でしょ。赤坂値段よ」

「ネットで調べると、いいコースは三日前までに予約だっていうから、明日だと一人六千五百円のヤツだな」

パソコンを見ながら、夫が言う。都心のレストランでスペイン料理のフルコースを食べ、息子のギターを聴く。ワクワクしてくる。

なおもパソコンを見ていた夫が声をあげた。

「ええッ？　ワンドリンク付きのショーチャージが、料理と別に一人四千七百円だってよ。息子のギター聴くのに、ショーチャージがいるのか。料理と合わせて一人一万一千二百円だよ。それに消費税だ。一万二千九十六円、高いなァ」

ケチは計算が速い。

「ワンランク下のコー……」

夫が全部言い終わらないうちに、私は遮った。

「安いコースは建が恥をかくわよ。『急に思いたったから三日前予約のコースはダメで……』って、それならば理由になるでしょ」

夫は渋々うなずいた。

普段なら、このケチはレストランに行こうなんて絶対に言わない。やはり息子を愛し、息子が心配なのだ。

その店は「フィエスタ」と言い、元赤坂(もとあかさか)に建つビルの八階にあった。

昨夜、夫が予約を入れておいたので、すぐに席まで案内された。丸テーブルが並び、百五十人はゆうに入るほどの客席数である。

正面の舞台は、どこか妖艶な赤紫の照明に照らされている。ここに建が出てくるのだろう。

時間がたつにつれ、テーブルは客で埋まった。

「よかった、満員で」と、母としては安堵した。

料理はイベリコ豚のローストやオマール海老、それに魚介のパエリアなどが次々に出てくる。つい、スペインワインが進む。

都心のレストランで夫とディナーをとるのは、何年ぶりだろう。夫はさすがにりんごジュースは気が引けたのか、ウーロン茶である。色が茶色いからと言って、ウイスキーには見えないのだが、見栄が何だか可愛い。

店内は、料理や酒を楽しむ人たちの会話や笑い声が賑やかだ。店名の「フィエスタ」は「宴」とか「祭」の意味だというが、ショー開始前からそんな雰気があった。

やがて舞台の袖から建と、スペイン人の二人が出てきた。三人とも黒いジャケットに黒いズボン姿で、建だけがギターを抱いている。三人は舞台の奥に並んだ。

そして間もなく、ローズレッドのドレスをまとった女性ダンサーと、水玉模様のシャツに紫色のジャケットを着た男性ダンサーが登場した。パンフレットによると、建以外はみなスペイン人だ。

赤紫の照明が落ち、舞台に強いスポットライトが当たるなり、建のギターがかきならされた。それに合わせて二人が歌い、ダンサーの踊りが始まった。

夫も私もフラメンコを見るのは初めてだったが、ギターも歌も動きも激しい。男性ダンサーが、両手両足を打ち鳴らし、女性ダンサーは長いスカートを振りあげて舞う。ギターと歌が熱をおびるにつれ、ダンスもさらに激しくなる。

あのギタリストが自分の子供なのだ。信じられないというより、別人格だと突きつけられた。

親がいつまでも子を思うのは当然だが、子には子の生き方があり、やりたいことがあるのだ。剛にも建にも理沙にもだ。

ショーが終了すると、全員がステージを降りて、客席を回り始めた。写真と動画の撮影が許可される時間だという。

建は私たちが来ていることを知らない。あれほど色々と説明したのに、こっそり来たのかとイヤな顔をするだろう。まだ何かさぐりたいのかと怒るかもしれない。何より、「親離れ子離れしていないな」と、他のメンバーに思われては恥ずかしいだろう。

おそらく、夫も同じことを考えたのだと思う。目で合図して、二人で腰を浮かせた。その時、別のテーブルをみんなと回っていた建が、私たちに気づいた。

驚いた顔をしたが、すぐに仲間たちに何かを囁き、寄って来た。

「びっくりした。来てたんだ」

「あ……フラメンコってヤツ、ちょっと見てみたくて」

「そうなのよ。急に思いたって。だから六千五百円のコースで……」

「どう？　ショーはよかった？」

「すごくよかったわァ。毎日の暮らしには考えられない感動で、気が晴れた」

「オー！　よかった」

「お前、ギターうまいな」

「オヤジ、プロに向かってそれ言うか？」

その時、他のメンバーが、私たちのテーブルにやって来た。建は流暢なスペイン語で、彼らに何かを言った。彼らが驚き、笑顔で両手を広げたところを見ると、「両親だ」と紹介したのだろう。

建はさらに彼らとやりとりする。いったいどこで、こんなにもスペイン語を身につけたのか。

建が夫のスマホで写真を撮ろうとすると、スペイン人歌手が、「俺が撮るから建は写真に入れ」と言ったらしい。建は私たちの背後に立つと、二人の肩を抱いた。その周囲を、ダンサーたちメンバーが取り囲む。スペイン語の「ハイ、チーズ」だろうか。その声にみんなで笑顔を作った。

建はポンポンと私の肩を叩き、夫に目で礼を言うと、メンバーと次のテーブルへと行った。そこでもスペイン人客を相手にしゃべり、笑っていた。

建も剛も、これからが心配だというのに、私にはどこか満ち足りた気持があった。子供たちはもう、完全に巣立った。もう自分のことだけを、そして夫婦のことだけを考えよう。

帰りは赤坂見附（みつけ）駅までブラブラと歩いた。都心の夜景はきらびやかで、住宅街とは違う。すると、夫が突然言った。

「『さくら』に行ってみようか」

「どこ、それ」

「忘れたのか。九段の」

「ああ、あの」

和幸と初めてデートをした割烹(かっぽう)だ。

彼を何とかモノにしたくて、火の玉のようになっていた私は、小野との約束をドタキャンして、誘いに応じた。

あの夜、隠れ家のような「さくら」に連れて行ってもらって、足元がフラつくほど嬉しかった。

新鮮な刺身や美しい和食が次々と出る中、和幸はりんごジュースだった。当時、私は一升をも辞さないクチだったが、

「私も少ししか飲めないんですぅ」

と可愛ぶったことを思い出す。

結婚後、夫婦で一、二回行ったが、忘れるほど遠い昔のことだ。時が流れた。

「赤坂見附は永田町(ながたちょう)駅とつながってるから、九段下(くだんした)まで地下鉄で一本だ。店に

電話しておこう」

　ケチな夫が、「さくら」でもごちそうしてくれるのだろうか。添加物も産地もお構いなしに、安いもの安いものに走る人なのに、どうしたのか。

　老眼鏡がこわれても、

「これは家でしかかけないから」

と、セロハンテープで止めている夫だ。そろそろ死ぬんじゃあるまいな。

「さくら」はあの当時に近いままだった。

　店主はすでに孫の代になっており、内装などにも手が入ってはいる。

「お電話をありがとうございました。祖父や父は、古くからのお客様を大切にせよと、お好みをノートして渡してくれました」

「いやいや、今じゃ年賀状だけでご無沙汰して」

　店主はあの窓辺の席に案内してくれた。

「祖父も父も元気で、有難いことです。今日は食事はお済みなんですよね」

「そうなんだ。申し訳ない」

　店主はノートを確かめたのだろう。すぐに冷えたりんごジュースを夫に、私には生ビールを運んで来た。当時、私は飲めないふりをして、和幸に合わせてりんごジュースを飲んだ。だが、結婚後にはビールにしていたことを、先代はノートに書いていたのだろう。ぬたや玉子豆腐が添えられている。

私たちはグラスを合わせ、窓から昔のまんまの風景を眺めた。桜の古木が並木を作り、木陰から夜の靖国神社が見える。

夫に対し、五十年前のときめきはない。夫とて私にそれは絶対にない。だが、半世紀近くも共に生きて来た縁を思う。

必死に結婚を望んだあの頃、剛も建もこの世にいなかった。だが、夫の両親と私の両親はいた。五十年がたち、四人の親はいなくなり、親戚の者も友人知人も、ずいぶんいなくなった。そして、剛と建も私たちの手からいなくなった。

結局、この人だけが残った。りんごジュースにぬたを合わせている夫だけが。

「私ね、今日、建を見て、あの子はいい人生を歩いてると思った」

「俺も」

「だけど、育て方は失敗したかも」

「何で？」

「小さい時から子供を尊重しすぎた。自分の思うように、好きなように生きろって。悪いことをしない限り、ママは味方だからねって」

その育て方が、会社を辞めてスペインに渡ることを、サラリとやらせたのではないか。私は建の生き方を理解してはいるが、反対という本音は拭い切れない。

「育て方、俺は間違ってなかったと思うよ。ほとんど夏江に任せっ放しだったけどな。保証もないのに、不惑を過ぎてから世界に打って出ようとする息子、面白いよ。年取ったら、イヤでもこぢんまりと生きるしかないんだから」

ビールを飲み終えた私は、日本酒に変えた。「少ししか飲めないんですゥ」の私はとうの昔に消えた。

「私は今度生まれたら、娘も一人ほしい。ミキのようにしょっちゅう実家に来て、母親と友達みたいな娘。そのダンナは自分の実家より嫁の実家がよくなって。娘って、父親のことも大切にするしね」

夫が追加した飲み物は、ここでもウーロン茶だった。

「俺は息子の方が面白いな。公園で情けなくブランコに揺られてたかと思うと、ソッコーで別居したりさ。建はスペイン人の嫁を連れて来かねないしな」

「それ、私イヤだ」

「何で？　こっちの人生まで面白くなるじゃない。剛の行く末にしてもだ。刺激的だよ、息子は」

母親はそうとばかりは思えない。

「俺ね、建が今、新しい道に舵を切ったのは本当によかったと思う。俺なんかさ、今、何か新しいことを始めようとか考えると『待てよ、それがモノになる前に、この世にいないんじゃないか？』ってさ。こう思うようになったら、もうやり直しはきかない。建は今だよ、今」

私とて、身にしみてわかってはいる。

「建が芸術文化、文学はなきゃなくていい仕事だって言ってたけど、私たち、生活に必要なことを最優先にして七十代になったのね。……今夜のショー、生きてるっていいなと思わせてくれた」

「だから、夏江がまた庭仕事を始めたこと、よかったと思って」

「え？　あなた、気づいてたの？」

「何だよ、当たり前だろ」

窓の外、靖国の森は都心とは思えない黒さで静まり返っていた。五十年前と何ら変わりなかった。


私は腹を決めて、庭仕事を自分のためにやっている。手をかけただけ、バラは応えてくれる。誰にも評価されなくても、草花が評価してくれる。

手入れを終え、台所で夕食の準備をしていると、ドアチャイムが鳴った。

姉とミキだった。編み物教室の帰りに寄ったのだと言う。姉は、ソファで夕刊を読んでいる夫に頭を下げた。

「和幸さん、突然お邪魔してごめんね。夏江も忙しい時間なのに。これから芳彦とシンちゃんと四人で居酒屋行くんだけどさ、時間が半端で」

「ああ、僕ら全然構いませんよ。時間つぶして下さい」

「ありがとう。シンちゃんは店に直接行くけど、芳彦とはここで待ち合わせ」

「ハイハイ、どうぞ。お仲のよろしいことで」

姉は大きなバッグから、何か毛糸のかたまりのようなものを出した。

「見て、芳彦のチョッキ。私が編んで、さっき出来上がったの」

それはチョッキというより、不細工なポンチョのようだった。四角く編み上げていって、一番上の方を閉じずに開けてある。そこから首を出すらしい。ローズピンク、赤、紫、水色の縞模様編みが、ド派手だ。

ミキが大笑いした。

「こんなもの、ナッツもほめようがないよね。どこがチョッキ。膝掛けにしか見えないっての。ま、ママにしちゃよくここまでやったと思うけど、パパは着ないって覚悟しといた方がいいよ」

姉は満足気に、「膝掛け」を自分の体に当てた。

「私ら、お仲のよろしい夫婦だからね、絶対に着るよ」

やりとりは夫の耳にも届いているようで、苦笑している。

「お姉ちゃん、私も最後に残るのは夫婦なんだって、よくわかったよ」

と、二人に建の話をした。

「スペインって、外国のあのスペイン?! 闘牛のスペイン?!」

声をあげた姉に、夫がぼやいてみせた。

「外国のあのスペインですよ。まったく、剛の次は建ですよ。心配は心配だけど、それを言ってもねえ」

ミキが手を叩いた。

「建ちゃん、すっごくいい決断だよ。やり直したくても年齢とか家庭とかで、世の中、やり直せない人だらけだと思うよ。シンちゃんにだってさ、何か違う人生もあったと思うんだよね」

「ちょっとミキ、あんた達、うまくいってるんでしょ」

「いってるいってる。でもさ、男も女も家庭持っちゃうとやっぱりためらうよ。自分のためだけに突っ走れないもん」

ドアチャイムが鳴った。夫が出て行き、賑やかに笑いながら、芳彦と入ってきた。

「パパ、これパパ用。ママが編んだの」

「何だ? 座布団か?」

ミキが吹き出して、

「膝掛けです」

と言うなり、姉が大声で訂正した。

「チョッキよ、チョッキ！」

「また派手な……」

呆れる芳彦に、姉は強引に着せた。頭を出すのに、窒息しそうに苦しんでいる。やっと着たものの、体が入ってふくらむと座布団にしか見えない。

「芳彦、似合う！　似合うよ。やっぱり、ローズピンクは芳彦の色だァ！」

姉は興奮していたが、似合うというレベルの話ではない。これにソンブレロでもかぶったら、メキシコの土産物屋だ。

だが、芳彦は妻をほめ讃えた。

「信子、上達したなァ。着ごこちもいいし、何か元気が出る色だよ」

私でさえ、ここまでは忖度しない。

「よし、居酒屋、これ着て行こう」

姉は身をよじって喜んだ。

「ホラ、みんな聞いた？　芳彦はこんなに嬉しがって着るんだよ」

姉とミキは、メキシコの土産物屋を真ん中に、居酒屋へと向かって行った。

年が明けた春、庭のバラは大きく枝葉を伸ばし、フェンスにいい感じのからみ方をしている。私の剪定（せんてい）の腕が落ちていない証拠だ。

剛は伸び伸びと一人で暮らし、時々「メシ食わせて」とやって来る。梢とは二人で映画に行ったりして、

「一緒にいる時よりずっと仲いいよ」

と頬をゆるめる。

「理沙？　梢の話だとバリスタの学校で頑張ってるみたいだな」

妻にはさほど関心がないらしい。

建からは「無事に着いた」とメールがあり、あとはこっちが十回メールすると一回返って来るかどうか、というところだ。

バラはすでに固いつぼみもつけており、満開の五月頃からはどれほどきれいだろう。

ふと、小野に見せたいと思う。あちらは世界的園芸家であり、そんなことは叶わない。あれから会うことも連絡もなく、夫婦連名の年賀状が届いたくらいだ。佐保子の優し気な字で「本年もよろしく」などの一筆が添えてあった。

言えば言うほど愚痴になるが、自分が楽しむだけではなく、誰かに楽しんで欲しいという思いは、どうしても消えない。

蟻んこクラブから帰って来た夫が、玄関から入らず庭に回って来た。

「元気いいね、バラ」

「お帰り」

夫は、伏せてある大きな植木鉢に腰をおろし、リュックからペットボトルを出した。飲みながら、のんびりとバラを眺めている。

「ねえ、前にも聞いたけど……」

「何を?」

どう言うか、迷った。

私はなぜ、夫が蟻んこクラブごときに、ここまで夢中になれるのか、どうしてもわからない。

いわばシロウトの、それもジジババの「いつまでも自分の脚で歩こう」的な会だ。だが、そんなことは言えるわけがない。

夫は確かに最も上級のE組で、ワンゲルをやっている。とはいえ、若い時代に夢中で打ち込んだワンゲルだ。蟻んこのそれは、満足するようなレベルではあるまい。それとも今年七十四になるのだから、老人レベルで十分に満足なのだろうか。

「あなたにしてみれば、蟻んこクラブはレベル低いでしょ。E組のメンバーたちにしたって、そうでしょ？　なんでそんなに夢中になれるの？」

夫は前回と同じに、「うーん、ね」と言ったきり、黙った。

答えない。

私もそれ以上は聞けない。

やがて、言った。

「学生時代、勉強よりワンゲルの訓練が優先だったけど、就職と同時にやめただろ」

「あなた、仕事に追われてたし、仕事が楽しそうだったし」

「うん。ワンゲルはもうやり尽くして、思い出すこともなかったよね。退職までは」

翻訳の仕事は不定期だったが、夫は面白がっていた。理不尽に退職して毎日家にいても、不機嫌な様子は見えなかった。退職してケチになり、年ごとにそれに磨きがかかっただけだ。

「ずっと家にいるうちに、俺は何か大事なものを手放した気がしてさ」

だからといって、蟻んこクラブでいいのか。安いジム、安いサークルを探しまくって、ジジババ相手の公営クラブに行き着くのか。

「E組は高校や大学でワンゲルやってたヤツばかりで、かなりのレベルなんだよ。下の高齢者クラスとは全然違う。あのメンバーと懸命な時間を持つことが、退職した後の気持を安定させてくれたって言うか」

夫はペットボトルを傾け、しばらく黙った。

「あのクラブであのメンバーでなければ、もしかして俺、壊れてたかもしれないな」

あの退職は夫にとって、そこまでの衝撃だった。これまで一言も触れなかったが、いかにそうだったかは、私にも予測がつく。

だが、「壊れる」という乙女チックな常套句は、聞くだけで恥ずかしかった。男が「壊れる」とか「心が折れる」とかの言葉を使うのは、どうも気持が悪い。

「カルチャーやジムと違って、蟻んこクラブは、自主的に下のクラスの面倒見たりもするわけだ。ジイサンバアサン、これが汗かいて一生懸命なんだよ。たいした運動量じゃないのに、体がついて行けない。だけど、必死にがんばって歩いて動いて。口開けて息して」

夫はペットボトルの水を飲み干した。顔が青空を向く。

「年取るって、こういうことだと思ったよ。俺も行く道だ」

風が渡る。

「ジイサンバアサンさ、よく若い頃のこと言ってたんだよ。『釜の飯みんな食って、母チャンに叱られた』とか、『お勤めしてた頃、バス代を節約して駅まで三十分歩いたのよ、毎日よ』とかね」

思い出すのだろう。体が好きなように自在に動いた日々を。

「石油会社にいた八十代は、何回も言ったしな。『中近東に五年いて、現地の作業員とやりあった』って。俺もシンガポールでやりあったっけなァと思ったよ」

「昔話する老人はイヤよね」

「だけど、昔話してる時だけは、自分の一番よかった時代に戻れるんだろうな。それで、あんなに動けたのに、何でこうなったかなァって」

夫は、

「わかるよ。来た道だ」

とうなずいた。優しくなったと思った。

「俺達のE組だって十分老人だけど、つい手分けして、そういうジジババの面倒みちゃうんだよ」

「それも面白い？」

夫は言葉を選んでいるように見えた。

「仕事の快感って、自分が必要とされてることなんだよな。自分はそうだとわかってる現役時代は、愚痴ったりぼやいたりも娯楽の一種みたいなものだよ」

夫はそれ以上は言わなかった。おそらく、高齢者たちに必要とされ、感謝され、誇りというか自尊意識を持ったのではないか。それは、会社を辞めてからなかったことかもしれない。

だが、私にしてみれば「そんなレベルの喜びねえ」というところだ。これ以上は言うまいと思い、一緒に風に吹かれた。

今、気づいたが、いつからか、夫は私に否定形でものを言わなくなっていた。私が何か言うと必ず「そうじゃなくてさ」とか「それは違うよ」とか、最初に否定から入っていたものだ。

おそらく、ワンゲルで精神が安定したことや、蟻んこクラブでのやり甲斐が、夫を元に戻したのかもしれない。

「俺、ジジババ見てて思ったよ。昔話したり、昔を思い出してる時は、必ず生きることに弱気になってる時だ」

続ける声が弾んだ。

「蟻んこクラブで頑張ったり、俺たちにほめられたり、レベルアップしていくだろ。変わった」

「どういう風に？」

「昔話が減った。弱気じゃなくなって来たってことだろな。高齢者が趣味に入れこむのは、絶対にいいね」

「そうかしらねえ。私はジジババには趣味でも当てがっておけっていう風潮がイヤ」

「それは違うよ」

久々に否定から入った。

「趣味に夢中になると、もっとうまくとか、もっと強くとかってなる。そうすると、弱気が引っ込むんだよ」

それはそうかもしれない。

「寝たきりになってもさ、落語とか音楽とかＣＤで聴ける趣味を持ってる人は強いよ。だから、六十代でも七十代でも、体が動くうちに始めておくんだよ。そうでないと、無意味に弱気になる」

生きていてもつまらない、生きていて申し訳ないの繰り言は、周囲にとっても迷惑で無意味だ。だから、趣味を当てがっておくのだろうが、それで救われる老人は、確かにいると思った。

「俺、わかったんだよ。この年齢の人間がやるべきこと」

「ん……？」

「ご恩返し」

抹香くさいことを言う。

「ここまで無事に生きてこられたのは、やっぱり社会の世話になったからだもんな」

そんなことを思う人ではなかったが、これもあの退職と加齢と、自尊意識復活の中で気づかされたのか。

「七十の大台に乗れば、これからは社会貢献するんだよ。楽しみながらのご恩返しな」

「そうね」

忖度して同意しておいたが、私の本音は「まァ、きれいごとを！」である。

雑誌などにもよくそう書いているが、高齢者に社会貢献の場がそうあると思っているのか。

私だって、できるものなら、園芸でご恩返ししたい。だが、そんな場はない。求められない。自分だけの趣味でいるしかないのだ。

「俺、会長としてみんなに提案したんだよ。A組からE組まで全員が対象。高齢者も公平に」

会員は一キロ歩くごとに、毎回十円を義援金としてチャリティボックスに入れる提案だという。

「ジジババも喜んだよ。自分らも役に立てるのかって。それも十円単位なら出せるって。春と秋には都内の色んな『歩こう会』にも声をかけて、ウォーキング大会をやろうと思ってる。蟻んこクラブのウェブページから申し込めるようにすれば、かなりの人数が集まると思うよ」

集まった義援金は相談の上、被災地や赤十字やNPO法人に送ると決めたという。

そうか、こういう恩返しもあったか。場がないなら、作ることも考えられるのだ。

「あなた、いいこと考えたね。確かに楽しみながらできる。十円単位なら出しやすいし」

　夫は笑った。

「お前、今思っただろ。このケチが、十円だって安い物買うケチが、よく他人のために金出す気になったって。思っただろ」

「思わないわよ！……思ったけど」

「プロ野球の二十代のスター投手がさ、一奪三振につき一万円をNPO法人に寄付するってニュースがあったんだよ。児童虐待防止のNPOに。そうか、これだって思ってさ。一万円は無理だけど、一キロメートルごとに十円なら続けられる。ケチのアイデアだな」

　夫は笑ったが、私は、「やっと、自分がやりたいことをやれる年齢になったのです」とか、「学校に行き直したり、新しい趣味にチャレンジしましょう。今が一番若いのです」などの言葉が、恥ずかしく思えた。すべて自分のためだけの考え方だ。

　高齢者の楽しみは、小さくても自分の力を社会に還元して行くことかもしれない。それをどう具体化するかは、自分で考えるしかない。夫のようにだ。

講演会で高梨も「具体的に考えよ」と何度も言った。何の中身もない講演会だったが、いいことも言っていたんだな。

夕食がすんだ後も、私は園芸やバラで、何とかご恩返しのアイデアがないかと、考え続けた。

それこそが、私の理想とする形に思えた。自分だけの趣味では気合いが入らず、さりとて前向きバアサンになって仲間うちでほめ合うのもイヤだ。

自分で動くことだ。具体化することだ。

行政に相談してみようか。

夜も九時近くになった時、不意にドアチャイムが鳴った。

「誰？　今頃」

「俺が出る」

玄関に出た夫は、「どうぞどうぞ」と言いながら、姉と芳彦を案内して来た。

「どうしたの、こんな時間に。それも二人おそろいで」

「ごめんね、遅くに」

姉と芳彦は並んでソファに座った。お茶をいれようと立つ私を、姉は止めた。

「お茶いらないから」

突然切り出した。

「私たち、離婚する」

意味が取れず、私と夫は顔を見合わせた。

事態がまったくつかめない。

メキシコの土産物屋のようなポンチョを着て、連れ立って週末は居酒屋に行く高齢夫婦に、何があったというのか。

下手な質問はできない。そう思っていると、芳彦が言った。

「俺に好きな人ができたんです」

姉は微動だにしない。呼吸まで止まっているように見えた。

「今年七十三になる俺ですが、やり直したい。お二人にはご挨拶したくて来ました」

夫が姉に遠慮しながら、聞いた。

「今からやり直したいって……その女性とですか」

姉は動かない。

「芳彦さん、どっかの若い女に遊ばれてるんじゃないですか」

夫が冗談めかして言うと、芳彦はキッチリと返してきた。

「若くありません。俺と一緒の年です。今年七十三です」

なぜそんなバアサンと？　七十三なら姉も一緒の年齢ではないか。

「バンビよ」

姉が叩きつけるように言った。

「バンビ？」

「話したでしょ、前に。お箸持てないって男子の関心引いて、実は持てた子」

思い出した。美人で有名だったというクラスメートだ。姉はあの時、「芳彦は私がいるから、関心も示さなかったの」と喜んでいたはずだ。

どうしてバンビと。どうして七十三にもなろうかという時に。

「同期会よ。半年くらい前、夏江がうちに来た時、この人だけが出席したでしょ」

姉はいつもの「芳彦」ではなく、「この人」と言った。

「あの会、私は前もってパスの返事を出してた。結婚式に出る予定があって、かけもちは無理って。あの時、バンビと気持が通じたらしいの。ね、そうでしょ」

念を押された芳彦は、少しためらった後で深くうなずいた。

第八章

四人とも口を開かなかった。

あまりの衝撃に、何をどう言っていいのかわからない。姉の気持を考えると、迂闊に質問もできない。

バンビは金持ちの男を落としたと聞いたが、違うのか？　なぜ今頃、芳彦なのだ。

夫が聞いた。

「相手の方にも、ご家族とかご家庭とか、おありなんでしょう？」

「そうだよね、お姉ちゃん。バンビはすごい美人で、裕福な人と結婚したとかって……」

芳彦が何か答えようとしたが、姉がビシッと遮った。

「全部ウソ。全部」

「え？　ウソだったの？」

「全部、バンビの作り話だった。彼女のことだからさ、見栄張って自分でいい噂流したに決まってるわよ。こっちはみんな、あの顔を武器にさすがだなって思って、だまされてた。笑っちゃうよね、バンビは玉の輿に乗りそこなったらしいんだわ。ここ一番ってとこで顔やブリッ子の武器が、全然役に立たなかったんだから、やっぱり神様っていると思ったよ」

姉は饒舌で、芳彦は一切口をはさまなかった。

「男が本性見抜いたんだよ。たぶん、どの男にも見抜かれて、最後にたいしたことない男と結婚したみたいよ。そうでしょ？　ね？」

芳彦はうなずいた。

「でも、あの女だもの、『望まれて結婚するのが幸せ』とか何とか、またみんなに言い回ったと思うよ。そりゃ、そうとでも言わなきゃ、カッコつかないもんね。いい男を落とすためにだけ生きてきたんだから。ね？」

芳彦は「ね？」と言われるたびに、うなずいた。そうすることでしか詫びられない。そう思っていたのかもしれない。

バンビの夫の「たいしたことない男」は、約二十五年前、五十歳で病死したのだという。当時、バンビは四十七歳、一人息子は二十二歳の大学四年生だった。

「この人の話だと、バンビは必死こいて働いて、息子を大学出したんだって。ラーメン屋のお運び、路上の弁当販売、マンションの清掃、三つ掛け持ちしたこともあったって。そりゃ、顔だけで何にもできない女だもん、三つでも四つでも掛け持ちするっきゃないよ。でも、頭悪いよね。そんな真面目な仕事より、顔を武器にして簡単に稼げる商売、色々あったと思うよ。それこそ、本人の長所生かした天職だったんじゃないの？」

芳彦はまったく反論しない。さすがに私が口をはさんだ。

「息子のためにも、簡単に稼げる仕事はイヤだったんじゃない？　そういうお金で大学出したくないっていうか」

「なら、顔を再利用して、今度こそ玉の輿婚狙うとかもあったでしょうよ。あの計算高いバンビが、何で狙わなかったんだ？　あ、また男に本性見破られて、ダメだったか。ね？」

芳彦は今度の「ね？」には応えず、夫と私に言った。

「彼女は再婚しないで、四十七から大変な苦労をしてきたようです。息子は大学を出て、今は大阪勤務だそうで、その仕送りと年金で暮らしています」

芳彦によると、もうずっと同期会には来ておらず、今回が何十年ぶりかの出席だったという。

姉がせせら笑った。

「クラス会とか同期会とか、絶対に来ない人っているじゃない。たいていは偉そうに『昔話ばかりでつまらない』とか『家族や孫自慢するヤツらと時間つぶしたくない』とか言うんだよね。自分はそういうタイプじゃないからって。でも、それって全部ウソだよ。出席しないのは、今の自分が恥ずかしいから。学生時代にあれほどだった人が、今はこれ？　って思われたくないの。学生時代、バンビのように美人の男殺しは特にね。なのに、今回はよく来たよ。たぶん、男狙いで来て、この人がひっかかったとか。笑える」

姉の言葉にはいちいち険があった。そういう反応はかえってカッコ悪い。だが、七十三にもなろうという時に、これほどのことをやられたのだ。無理もない。

やっと茶をいれ始めた私の隣りで、夫が聞いた。

「何十年ぶりかに会って、それもすぐに後期高齢者ですよ。そんな時に会って、まだほんの半年でしょう。どうして彼女とやり直そうって思えるんですか。ちょっと考えられません」

「いや……実は高校時代からずっと彼女が好きでした」

驚いたのは私だ。芳彦は「俺には信子がいる」と言って、まったくバンビに関心を示さなかったのではなかったか。そこを問うと、芳彦は悪びれずに答えた。

「いや、『俺なんか』と思って、最初から引いていたというか」

「だってさ。正直でしょ！」

姉は乾いた笑い声をあげた。

「芳彦さん、その言い草はないんじゃないですか」

夫が凄むように言い、芳彦をにらみつけた。

『俺なんかには信子がちょうどだ』って、そういうことですよね？」

芳彦はやっと気づいたようだった。

「いや……それは……」

思えばその昔、理沙も「うちなんか」と言った。剛の稼ぎが悪いというような言葉に、私が怒りを押さえるのにどれほど苦労したか。姉には話したことがある。

夫は、命じるように言った。

「お義姉さん、離婚した方がいい。この男はダメです。慰謝料や金銭的なことを専門家に相談して、頂くものは全部頂いて、即刻別れることです。こんな男を一日でも長く見てると、目が腐る」

夫はそれだけ言うと、席を立った。

誰も追わなかった。

「芳彦さん、同期会からずっと、半年間、おつきあいしてたってことですね？」

「そうです。彼女、今は介護の仕事してますが、年も年ですから重労働はできません。でも交通費程度で、ボランティアみたいに働いてくれるんで、施設も重宝してるようです」

「どんな仕事なんですか」

「老人たちが作業療法で使う器具を消毒したり、簡単な修理をしたり……」

「夏江、聞いてよ。笑っちゃう話があるの。バンビは同期会にね、手に包帯巻いて来たんだって。みんながどうしたのかって聞くじゃない。そしたら恥ずかしそうに言うんだって。『バンビねえ、リハビリ器具のネジしめてたら手許が狂っちゃったのォ』って。関心引くことに関しちゃ、三つ児の魂七十三までだよ。ね？」

「そんな言い方はしていない。彼女も七十三相応の姿だし」

「あら、でもすぐにこの人に言ったんだってよ。『島田君、この間まで町工場にいたんだって？　なら、ネジしめたり、手すり取りつけたりとか得意でしょ。手伝ってもらえると嬉しい。でも、お金は出せないから、時間のある時に』って、うわ目使いで、甘い声で。やるもんだよ」

芳彦は町工場で働いていたが、半年以上前に不況で解雇されていた。芳彦は、バンビとの接点もだが、自分を必要としてくれる人と場所があったことも嬉しかったのではないだろうか。町工場を切られてからブラブラしているのだ。姉には悪いが、その気持はよくわかる。

「この人ね、ほらヒマでしょ。だから、毎日、バンビが働く老人施設に通ったんだって。私には散歩とか色々理由つけてさ」

芳彦は浴用椅子や歩行器、背筋伸ばし器具などのメンテナンスを、ボランティアで引き受けていたそうだ。

「施設長や職員にも感謝されまくりだって。そりゃタダだもん。バンビも鼻高々だよね。ね？」

そしてある夜、バンビがお礼にと居酒屋に誘ってくれたという。お金もないのに、自腹でおごる彼女に、芳彦はえらく感動したようだ。

「その時、俺から提案したんです。老人たちが楽しく遊べるように、ミニゴルフセットを作ってみないかって」

町工場で不要になったプラスチックやゴムを譲り受け、ゴルフクラブを作った。そして、四ホールのミニゴルフ場は持ち運び可能にした。

姉は芳彦に詰め寄った。

「ウソつかないのッ。人工芝とか、柔らかくて大きい老人用ボールとか、他にも必要なものは自腹で買ったんでしょ」

芳彦はうなずいた。

「バンビにいいとこ見せられて、よかったじゃない。組立ても塗装も図面引くのも、プロだもんねえ」

「夏江さん、老人たちは手伝うのも嬉しそうで、完成したら毎日ゲームですよ。声をあげて」

姉が茶化した。

「ハイハイ、わかったわかった。いいことやりましたね。で、バンビともいいことやって、再婚ですよね」

芳彦は無視した。

「和幸さんにも伝えて下さい。俺も彼女も籍入れることは全然考えてません。この先、二人で老人に関わる物作りをして、生きていけたら面白いなと、それだけです」

「姉と結婚生活を続けながら、物作りはできるんじゃないの？」

芳彦は黙った。姉に遠慮しているようだった。

「できるけど、もうリセットしても許される年齢(とし)になったと思います」

「それは、姉やミキに無責任じゃない？」

「ミキには、とっくに責任は果たしたし、妻にも果たしたと思ってます。死ぬまで妻と一緒のつもりだったけど、これからは自分のために生きても文句は言われないでしょう。彼女と出会ったのは、最後のチャンスだったと思います。逃したくなかった」

私はその考え方を理解するが、かなり自分勝手だ。

姉も芳彦も黙りこくり、夫は寝室から出て来ない。

夫婦というもの、ここまで来るともう修復は無理だ。

頑張って元に戻すカップルもいるだろうが、裏切られた思いも、自分の人生を閉ざされた思いも、それぞれに死ぬまで残る。そんなわだかまりを抱えて、残りの人生を過ごすことに意味があるのか。

とうとう、私は姉に断じた。

「和幸が言ったように、慰謝料とか色々きちんとして、お姉ちゃんもリセットする方がいいよ」

姉は芳彦から目をそらしたまま、鋭く言った。

「私もそう思ってる。すぐに離婚届送るから、無理しないでサッサと入籍して。私は金銭で補償してもらえばオッケーよ」

芳彦は私に向かい、静かに頭を下げた。

「今まで本当に長いこと……」

「待って。和幸、呼んできます」

夫は寝室でベッドにひっくり返り、音楽を聴いていた。

「芳彦さんの挨拶、あなたも受けて」

夫は動かない。

私はベッドの縁に腰かけた。

「俺なんかとか、うちなんかとか、無神経な人は言うの。全然悪いと思ってないレベルの人間なの。もうこれっきり縁の切れる人なんだから、挨拶受けてよ」

理沙のことは言わなかった。あの言葉は、親としては苦しすぎる。今さら、夫に伝える必要はない。

夫はブスッとしながらも、起き上がった。

芳彦は入って来た和幸を見るや、ソファから立ち上がった。そして、私たちに丁寧に礼を言った。

「信子のこと、よろしくお願いします」

と頭頂部が見えるほど深く、お辞儀をした。姉が不快な顔をした。

「よろしくなんて言うんじゃないわよ。アンタの立場でそう言うの、おかしいでしょ。大きなお世話です。とにかく早く離婚して、お金のことちゃんとして。それだけ」

小さくうなずく芳彦に、夫が詫びた。

「中座してすみませんでした。もう大人同士で話し合ったのでしょうから、芳彦さん、やり直して元気に生きて下さい」

その夜、私と夫は姉夫婦について一切触れず、並んでテレビのお笑い番組を見た。

まったく笑えなかった。

庭でバラの手入れをしていると、電話が鳴った。出ると姉だった。

「あの人、出てったわ。色々、相談したいからうちに来られない？　今、ミキも来るから」

私はバラを切ってブーケを作り、駅前でケーキを買って東村山に向かった。

気が重い。本当に人生には何があるかわからない。それは、若い頃にはときめく。いいことしか考えられないからだ。

だが、加齢に従って、段々と悪いことしか考えられなくなる。病気やら貧乏やら死別やら、それも予測どころか確定路線だ。

だが、幾ら何でも、あれほど仲のよかった姉夫婦が突然別れる。こればかりは予測不能だった。それも夫に女ができてだ。

姉の決断はよかったと思う。以前、私も夫に女ができたかと思うことがあった。後をつけた時だ。あの時、もし本当に女なら、離婚して一人で生きるのが、一番いい道だと思ったものだ。

姉とミキは、コーヒーを飲んで待っていた。何ら変わりなく見える。家具調度もそのままで、芳彦がいた時と同じだ。リビングの隣りのドアが半開きになっており、ベッドが二つ見えた。芳彦が寝ていたらしき一方には、段ボール箱が二つ置かれていた。

ミキが気づいて、言った。

「段ボールの中身、パパが残してったものだよ。服とか靴とか、あと茶碗や箸や、パパが使ってたもの。全部ゴミに出すから」

ひとつの段ボールには、てっぺんに膝掛けのような、あのポンチョがつっこんであった。大喜びで着てみせた頃、芳彦はすでにバンビと思いをひとつにしていたのだ。

姉は私が持参したケーキを出した。

「できるだけ早く、ここから引っ越す」

その方がいい。芳彦とここで暮らしていた日々は長すぎた。ちょっとしたことが、思い出となって押し寄せてきては体に悪い。

「私、ママに言ってるの。私らが少し広いとこに引っ越すから、一緒に住もうって。もちろん、家賃とか食費とかは分担してもらうけど」

姉は両手を振った。

「娘の世話にはなりたくないって、ママは何度も言ったでしょ。まだ七十代だよ、十分に独りで暮らせます」

「これも何度も言ってるけど、なら、うちのすぐ近くにアパート借りてよ。うちから歩いて五分以内のとこに。ナッツもそれがいいと思わない？　娘が近くにいれば、年取っても心強いじゃない。そう言ってるのに、ママ、頑固なんだから」

私は聞きながら、やっぱり娘はいいと思っていた。中には、娘のように心配りをする息子もいる。だが、少なからずはうちのようなものだろう。

剛はどこで羽を伸ばしているのか、最近はさっぱり連絡がない。建はスペインで、どうしているんだか。シンちゃんはミキの尻に敷かれ、言いなりだ。シンちゃんの親にしても、息子は育て甲斐がないと、ぼやいているだろう。

「夏江、これからはアパート探しに頑張るから、つきあってね。この年齢になると、アパート借りるのも大変なんだって。でも、シンちゃんが連帯保証人になってくれるから」

「頼りになるのは娘婿だね」

「そ。夫は裏で何してるかわかんないからね。やられちゃった」

そう言うと、姉は涙をこぼした。

「くやしい」

鼻を赤くして泣く姉を、ミキも私も黙って見ていた。

「私じゃダメで……バンビの方がよかった……五十年も一緒にいたのに……五十年だよ。……くやしい」

姉にとって、芳彦は何があろうと味方になってくれる人だった。拠りどころだった。その拠りどころが、姉を捨てた。

「あの日、私が同期会に……行けばよかったの。あの人は何度も……一緒に行こうって……」

姉はまた涙をこぼした。

「私はずっと……芳彦と二人の日が……ずっと続くと思ってたから……別に

……今、無理して行かなくても、次に行くわって……一緒に行けば、こんなことに……ならなかった」

ミキが姉の背をさすった。

「バンビとやらと一緒になっても、うまくいかないって。ママと五十年も暮らしたんだもの、別れたらいいとこばっか思い出すよ、必ず。ね、ナッツ」

「その通りよ。泣いて詫びて来たら、叩き出して塩まけって」

「それだよ、それ。私、思うんだけどさ、夫と別れて妻が悲しいのは、もって半年だよ」

「ミキはまだ甘い。私はもって三ヵ月だと思うね」

姉は泣き笑いで言った。

「あの日、私、芳彦に『帰りにパン買って来て』って。ちゃんと買って来たんだよ。私の好きなミルクブレッド」

「ママ、わかったわかった。まだ全然三ヵ月たってないんだものね。そうやってパンとか思い出して泣いてな」

姉は、棚の引出しを開け、一通の封筒を取り出した。中に入っていたのは、離婚届だった。すでに姉の署名があり、判もおしてある。

「あの人は籍はどうたら言ってたけど、私はこれ出す」

「オー、それがいいよ、ママ。完全によその人にして、いないものと思うのが一番オリコウ」

「あの人ね、これ以上はできないほど私に謝ったの。借金してもできる限りのことはするって、謝り続けた」

謝られた姉は、どんなにみじめだっただろう。

「もうダメだなって思ったよ」

姉は離婚届を折り、また封筒に入れた。その丁寧なたたみ方を見ていると、芳彦への想いがわかる。

「お姉ちゃん、それ、郵送するの？」

「うん」

「ダメ。手渡ししよう」

そう言うと、姉もミキも驚いて私を見た。

「こっちは早くもキリッと歩き出したって、二人に示した方がいいよ。離婚届、シャラッと二人に渡すの」

「ナッツ、それいいよ。いい！　ママ、そうしよ。私ら二人も一緒に行って、近くのどっかに隠れて見てるから、シャラッと突き出してやれ」

「絶対にイヤ。行かない。バンビに会いたくない。会ったら自分と比べて、もっと苦しむし」

だが、私とミキは有無を言わせず、バンビの家を訪ねることを約束させた。芳彦はそこに転がりこんでいるのだ。

その日、芳彦が姉に書いていった住所を頼りに、三人でバンビの家を探した。「ルナレジデンス」という名からすると、それなりのマンションらしい。大田区の糀谷にあり、京急蒲田から空港線で一つ目だった。その線は羽田空港に乗り入れている。東村山だの杉並だの、東京の北に長く住んでいる人間には、縁の薄い町と言える。

その不案内な道を、スマホの地図を見ながら進む。姉は珍しくヒールのついた靴をはいており、歩きにくそうだ。初夏らしいブルーのワンピースを着て、目の化粧までして、バンビに負けまいとしているのがわかる。

　相手も同じに年齢を取っているとはいえ、やはり美人には敵わないものだ。

だが、それを言ってはミもフタもないので、

「お姉ちゃん、すっごいきれい」

　と言っておいた。

　かなり狭い路地を抜けると、空き地に出た。

　地面に線が引かれ、時間制の駐車場になっていた。

「ね、あれじゃない？」

　ミキが駐車場の奥を指さした。三階建てのアパートが見える。「ルナレジデンス」にしては、お粗末だが、地図と照らし合わせても、間違いない。

「何か学生アパートみたい……」

　ミキが言う通りだ。そう古くはなさそうだが、外階段のあるモルタル造りである。ここが終の棲家になるのはかなり悲しい。

「ママ、行ってピンポンして。二〇三号室だよ」

「うん……」

「私とナッツは、そこの大っきな車の陰にでもいるから。あがってくれって言われたら、私らに遠慮しないであがっていいよ」

「お姉ちゃん、そうして。私ら二人でおしゃべりしてるから」

何だか姉の顔が青ざめているように見えた。

「お姉ちゃん、『芳彦をよろしく』って言って、明るく『ハイ、これ』って離婚届、渡すんだよ」

「うん……」

姉は大きく息を吸うと、決心したように学生アパート、いや、「ルナレジデンス」に向かった。外階段を二階まで上り、外廊下を歩く姉の姿が見えた。二〇三号室らしきドアの前で止まった。チラと私たちの方を見る。そして、チャイムを押した。返事がないようだ。しばらく立っていたが、誰も出て来ない。姉はまた押した。出て来ない。

ミキがつぶやいた。

「留守かなァ」

そのようだ。やがて諦めた姉は、私たちのいる場所に戻って来た。

「いないみたい。隣りのドアが半開きだったから、歩きながらさり気なくのぞいたら、すごく狭そう。部屋は二つあるみたいだけど」

私はこのアパートを見た瞬間から、フォークグループ「かぐや姫」が歌った「神田川」の世界だと思っていた。七〇年代の大ヒット曲だ。

若い男女がこういうアパートに住み、並んで銭湯に行く歌は、切なくも憧れだった。私は玉の輿に乗ることしか考えないタイプだったが、それでも「神田川」のような恋をしてみたいと思わされた歌だ。

若くて熱い二人が体を寄せ合うには、何よりこういう舞台装置がいい。だが、七十を三つも過ぎた二人には悲しい。

私たちとアパートを見上げていた姉が、ニコリともせずに言った。

「乳繰り合うにはいいアパートだよ。毎晩毎晩、燃えるだろうね」

「わッ！　ママ、淫靡な言葉！」

「お姉ちゃん、このアパートって『神田川』の世界だね。ほら、かぐや姫のヒット曲。七十過ぎてもこの舞台装置は、カラダを燃やすよ」

と言うと、姉は声をあげて笑ったが、妙にわざとらしく聞こえた。

「帰って出直そうよ」

ミキが言うと、姉は、

「出直す気なんてない。何となく様子わかったし、郵便受けに入れとく」

と、離婚届を示した。私は即答した。

「それ、いいね。来たという痕跡は恐いよ」

姉にしてもこんなアパートにいるのかとわかったし、七十三歳の「神田川」には嫉妬もないだろう。

「お姉ちゃん、芳彦さんとバンビだってさ、この舞台装置で乳繰り合うのは、最初のうちだけだよ。七十三じゃ体がついて行かないって」

姉は私の言葉にうなずき、歩き出そうとした。その瞬間、硬直したように足が止まった。その目線の先を見て、私とミキも硬直した。

駐車場の空き地を横切って、スーパーの袋を持った芳彦が歩いて来た。隣りでしゃべって笑っているのがバンビだろう。

「パパだ……」

ミキがつぶやいた時、芳彦の足が急停止した。驚いて見ていたが、やがてバンビに何かを囁いた。

私たちは動かず、芳彦とバンビがこちらに向かって来た。スーパーの袋から長ねぎと三ツ葉が見えている。

ミキが姉をつつくのが見えた。姉は突然スイッチが入ったオモチャのように、二人の前に進み出た。

「これ、離婚届。私のハンは押してあるから、いつでも出してね」

封筒を芳彦に手渡すと、笑みを見せながらバンビの方を向いた。

「バンビ、この人をずっとよろしくね」

バンビは泣きそうな顔をしていた。

「信子、ごめんね。こんなことになると思ってもいなかったの」

「いいのいいの。あなたと人生をリセットしたいという気持、私、ものすごく納得してるから。幸せにしてあげて」

芳彦が言った。

「彼女が、信子に詫びたいって言い続けてたんだけど、詫びはかえってまずくないかとか、俺もわからなくて」

「いいんだって、そんなこと。でも、今日来て、会えてよかった」

姉はそう言った後で、思い出したかのように私たちを紹介した。

「妹の夏江と、私の娘のミキ」

「そうでしたか。すみませんでした。本当に……お詫びしてどうにかなるものではありませんが、ひどいことをしてしまって。申し訳ありません」

それを聞くなり、ミキが穏やかに言った。

「謝る必要なんて、全然ないですよ。母はリセットしたい父の気持を、本当に納得してるんです。それに母も私も……」

と言った後で、言葉を切った。そしてハッキリと続けた。

「ちょっと喜んでいます。夫を、父を、男として見て下さって」

よく言った、ミキ。やっぱり持つべきは娘だ。うちのデクの坊息子なら、二人して雁首(がんくび)並べてるだけだろう。

姉は芳彦に優しく笑いかけた。

「ミキの近くに引っ越すの。私もリセットして楽しく生きるから、全然心配いらないよ」

　そして、バンビにも笑いかけた。

「バンビ、この人ね、『三年目の浮気』じゃなくて、結婚以来『五十年目の本気』なの」

　二人は完全に姉にやられている。私たち三人は笑顔で挨拶し、その場を立ち去った。

　帰り道、三人とも口をきかなかった。聞きたいことも話したいこともあったが、疲れ切ってもいた。

　快速特急で品川(しながわ)に向かっている時、姉が誘った。

「今日のお礼に、ごはんおごる。少し、飲も」

　私たちは行き当たりバッタリに、駅ビルの中にある和食屋に入った。

　ビールのグラスを持つと、ミキが、

「ママ、立派だった。勝利のお祝い」

　と乾盃した。

「お姉ちゃん、みごとに平然としてたよ。私もほめたいけど、その前に、不思議でたまらないことがある」

「ああ、わかった。たぶん、私と同じこと考えてるわ、夏江」

「え？　お姉ちゃんもそう思ってた？　バンビ、全然きれいじゃなかった」

ミキが大きくうなずいた。

「私もそう思ってた。聞いていた超美人と別人だもん。あれはバンビってよりダチョウだよ。やせこけて、ギョロついた目が引っ込んで、貧乏くさくなかったか？」

「芳彦さん、あんな女に男を感じられて嬉しいかなァ。あれ、ホントにバンビ？」

姉は小さくため息をついた。

「うん、バンビ。くたびれ切った七十三だったけど、鼻の形は昔のまんまだもの。可愛くてブリッ子のバンビの鼻」

さっき会ったバンビは色黒で、その肌はシミ、シワ、たるみ、くすみがひどかった。むろん、七十三にもなれば当たり前だ。だが、ほとんど手入れをせずに生きてきたのが、一目瞭然だった。それほど切羽詰まった生活だったのだろう。

「夏江やミキが気づいたかどうかわからないけど、バンビはさっきお化粧もしてたし、髪もまとめてたし、きれいな花柄のブラウスも着てたでしょう。あれ、買ったばかりだと思う」

言われてみると、量販店の特売ワゴンに入っているような安っぽいブラウスは、着古した感じには見えなかった。

「まあ、確かに。白髪（しらが）だらけの髪もきちんとなでつけ、シニョンにまとめていたよね」

「私はダチョウに驚いて、よく覚えてないけど、薄い口紅はつけていたかも」

「バンビって言うかダチョウを見てね、私、戦意喪失しちゃったんだよね。今迄どれほど苦労して、生きてきたんだろうって。あの深いシワも点々とある濃いシミも、苦労して、仕事をかけもちして頑張って、必死に生きてきたからできたんだよ。手入れなんかしてられない生活だったんだね。それが今、芳彦と出会って薄化粧して、シミやシワもカバーする気持になってる。それでもカバーしきれてないじゃない。その姿見たらさ、もう芳彦を用立ててよって」

座が静まった。

「ママ、相手がどんなに苦労してようが、他人の夫盗む理由にはならない」

姉は小さく首を振った。

「私からダチョウに乗り換えたってことは、パパ、本気で人生をやり直したいんだなって思った。年金で暮らしながらも、ダチョウと二人で、面白おかしく物作りして、老人たちを喜ばせて。今のバンビ見たら、パパの気持は『五十年目の本気』だって思ったよ」

私も姉も、今後、バンビのような老け込み方はしないだろう。夫を盗まれた姉であっても、あそこまでの苦労はないと思う。

「この間、和幸がね、言ってたの。自分たちは社会にご恩返しする年代だって。それであのケチがさ、蟻んこクラブがらみでお金出すのよ。幾らでもないけど、一円だって出したくなかった和幸がよ」

「それだったら、ママなんかすごいご恩返ししたことになるよ。二人に、老人のために力を合わせることをさせたんだよ。ママがパパをダチョウにあげたからだよ」

「そうか、じゃママはもう一生、ご恩返さなくていいわけだ」

「いいいい。何もやらなくてもバチは当たらないよ」

姉は遠くを見るようにして、つぶやいた。

「きれいだったんだよ、バンビ。昔は」

そして、日本酒を手酌した。

「私、ブスでよかったのかもね。美人が年取ると、何か高級な花がしおれたみたいで。ブスより哀れっぽい」

「そうだよ。ママはパパを盗られても、この先、絶対哀れっぽくならないよ」

ミキの無礼な励ましに、私たちは笑った。高級な花がしおれた哀れさを見て、少しいい気味だった。


以来、私たち三人は、姉の住居さがしに歩き回った。

バンビと芳彦に会った時、姉は、

「ミキの近くに引っ越すの」

と言った。

だが、子供の世話にはならないという思いは固い。あの言葉は、自分を捨てた夫に対して、「あなたがいなくなっても、私は淋しくも何ともないの」という見栄だったのだろう。

ミキのマンションは所沢駅近くにあり、姉が勤めている歯科医院は、都内練馬区の江古田駅から歩いて五分ほどのところにある。そのどちらにも行きやすい場所がいい。夫を盗られた七十女の部屋として、みじめでないレベルがい い。だが、そういうところは安くない。

離婚が成立すれば、姉は慰謝料などを得る。だが、弁護士からは、

「不倫による慰謝料は、百万から三百万が相場でしょう。あと預貯金などの共有財産の分与ですが、そう多くお持ちではないので大きな額にはなりません」

と言われたそうだ。

この弁護士は、姉を心配した歯科院長からの紹介だ。多少は安くしてくれるかもしれないが、費用はかかる。姉に余裕があるはずがない。

三人で、今日は小平、今日は小手指と探し回った。疲れ切って帰って来るのだが、私は自分が少し生き生きしていることを感じていた。

不謹慎なことなので、口には出さない。だが、朝から不動産屋を回り、日当

たりだ家賃だと条件に照らし合わせ、話し合う。若い担当とのやり取りも面白かった。

　単なる趣味で時間をつぶすのではなく、何かの渦中に自分がいる。毎朝、行くところがある。姉であれ、頼られている。

　こういう日々は弾む。姉の住まいがなかなか決まらないようにと、どこかで思っている自分がいた。

　剛や建のことも、切実な問題ではあったが、今になると刺激的でもあった。しょせん、四十代の息子だ。こっちは傍観者でいるしかない。その思いで渦中にいさせてもらえたのは、悪くなかった。

　ある朝、姉から電話が来た。この日は西武池袋線の石神井公園と桜台の物件を見ることになっていた。

「夏江、今日は清瀬駅に来て。私、決めようと思うの」

　清瀬も西武池袋線で、ミキの住む所沢に二駅。歯科医院のある江古田にも一本だ。だが、清瀬の話は昨日まで出ていなかった。

「昨日の夜、担当から連絡があったの。ミキのパソコンに資料が送られて来たら、これがいいんだわ。それもサ高住だよ。サービスとか費用とか、資料を二人でじっくり読んだけど、サ高住は安心だよね」

サ高住、「サービス付高齢者向け住宅」だ。

清瀬駅でミキも合流し、担当と一緒に「フォンテ清瀬」に向かった。駅から五、六分も歩くと、五階建てのしゃれたマンションがあった。

「ここです。大手のアジアハウスグループがやっているもので、安心です。ですから、なかなかアキが出ないんですよ。たまたま三階の三十平米の部屋があきましてね。これはぴったりじゃないかと思いまして」

もらったパンフレットで見た通り、全館バリアフリーで、一階のフロントは二十四時間の有人管理。一歩足を踏み入れただけで、「乳繰り合いアパート」とレベルが違うことがわかる。さらに、デイサービスや訪問介護も別料金で依頼できるという。

「安否確認サービスもありますし、介護施設と違って通常のマンション感覚で自由に住んで頂けます」

そう言って、担当が部屋のドアを開けると、バルコニーからさんさんと陽がふり注いでいた。

「わァ！　南に面してるから明るい！」

姉は早くも満足気だった。

部屋は十二畳の洋間が一間で、清潔なバス、トイレ、そしてキッチンがついていた。

「ママ、十二畳の一角を衝立で区切って、ベッド置けばいいよ」

「そうだよね。食堂テーブルも小さいのなら入るね」

「入りますね。食器棚はキッチンに備えつけておりますし」

「いいね、ここ。どう？　ママ」

ミキが言うと、姉は担当に苦笑してみせた。

「娘は所沢にいるんで、母親を便利に使う気なんですよ」

それを聞いて、担当はオーバーに驚いた。

「所沢なら電車で二つですよ。逆に、お母様も娘さんを便利に使えますしね」

姉とミキの母娘は、大声で笑った。私は何もおかしくない。

「見て、ママ、あちこちに手すりがついてる」

「いいねえ。手すりはホントに助かる」

姉は狭い台所にもある手すりを、試しに握っている。

「見て。お風呂やトイレにも呼び出しボタンがある。緊急でも安心だよ」

「はい。このお家賃でこの条件は、他ではまずありません」

家賃は月十万八千円、初期費用は約三十万かかる。

「どう？　夏江」

「いいんじゃない。この家賃なら、何とかなるわよ。お姉ちゃんはまだ働いてるし、年金もあるし」

ミキが担当に聞こえないよう、小声で言った。

「慰謝料もあるし」

私は正直なところ、サ高住も施設も好きではない。「老人の集まり」ということを突きつけられる気がして、人生の終末期を自覚してしまう。安心は八十代に入ってからでいい。だが、それでは遅いことも、姉のアパート探しで自覚させられてはいる。

「お姉ちゃん、決めたら？　みんなでお遊戯やったりする施設と違って、普通のマンションだもの。それで、安心って最高じゃない」

姉は決めた。どうも資料だけで気に入り、昨日のうちに決めていたようだった。


引っ越しはシンちゃん、うちの夫、剛までが出そろって、一気に済んだ。

東村山での道具はほとんど処分し、芳彦の物は何でもかんでも段ボール箱に突っこんだ。ミキは、姉が編んだ「ポンチョ」も、寝室にあった物と一緒に、着払いで送りつけた。

「ゴミに出す手間、こっちが引き受けることないからね。乳繰りのあいまに二人で片づけりゃいいのよ」

やっぱり娘はいい。頼もしい。

寝室コーナーを作る衝立ては、母娘でしゃれた布貼りを選び、シンちゃんが汗だくになって運び入れた。

姉はウキウキしているようにも見えた。

夫に捨てられても、早く明日を見てリセットする人が、最後は勝つ。そう思わせた。

私は帰宅後、バラが咲く庭を眺めた。姉の部屋探しで、ずっと世話を手抜きしていたが、バラは元気に咲いている。

今度こそ、今度こそ、この趣味でご恩返しすることを考えよう。息子たちのことにしても姉のことにしても、「渦中」はすぐに去る。一時、つい生き生きするだけだ。

とはいえ、園芸でご恩返しができるとは、やはり思えない。資格があるわけでもなく、プロの経験があるわけでもない。どこかが「力を貸してくれ」と言うはずがない。具体的にしようがない。

何か方法がないだろうか。何日間もとりとめもなく考えていた時、突然、小川駅近くのデイサービス施設が浮かんだ。姉と物件を見に行った時、途中にあった。

とりたてて印象に残ってはいなかったが、フェンスに消防車やアンパンマン、パンダ、白雪姫などの絵が幾つもくくりつけてあった。いずれも子供がベニヤ板に描き、彩色したもののように見えた。

私はあの時、昔は幼稚園だったのではないかと思った。少子化で幼稚園が不要になり、高齢化でデイサービス施設にしたのだろう。だが、絵は可愛いので、そのままにしたに違いあるまい。

フェンスの中は、園庭だったらしき空間だった。「猫の額（ひたい）」の狭さのそこに、壊れた植木鉢やプランターなどが放置されていた。

あの時はそれ以上の関心はなく、素通りしただけで、姉の物件に急いだ。が、今になって突然、あのデイサービス施設を思い出した。「猫の額」は、もっと広く使える。デイサービスを利用する高齢者の中にも、園芸や花が好きな人はいるはずだ。

そして、本当はお遊戯がイヤな人もきっといる。そんな人たちを取り込むのは、絶対にいい。芳彦もミニゴルフセットを作る時、老人たちが大喜びで手伝ったと言っていた。

あの庭に花を植えるくらいなら、資格も専門的な経験もいらないだろう。

これは社会へのご恩返しになる。そして私にとっては、単なる自分のための趣味から抜け出せる。四季折々の花壇を、高齢者たちと作るのだ。

いい案だと思ったが、どこにどう掛け合えばいいのだろう。役所に行ったとしても、「各所に相談が必要ですので、すぐにお返事は致しかねます」なんぞと、体よく追い返されたりしそうだ。そして、その「お返事」は一生届かない。

夕食の時、夫に話した。

「ねえ、どこに交渉すればいいんだろ」

「さあ」

「小川って小平市だよね。小平市役所かな」

「どうだろ」

「突然、バアサンに頼みごとされちゃ、困るかな」

「担当者によるんじゃないの」

こんな男に何を話しても無駄だ。しかし、考えてみれば、役所にとっては迷惑な話かもしれない。

私はベッドに入ってからも、グダグダと考え続けた。小川は田村町駅から中央線国分寺で降り、西武国分寺線に乗り換えて三つ目だ。うちから三十分程度で行ける。マイカーなら荷も積める。

今なら体力的にも問題ない。それに、無償のボランティアである。向こうにとっても、マイナスになることは何もない。

まずは、市の福祉課みたいなところに行ってみよう。そう思う端から、やっぱりやめておこうと思う。簡単に断られて普通だ。そうとわかっていて、おめおめと出向くのは恥さらしだ。

だが、これ以上にいい案は、今後、出て来ないように思った。行ってみようか。いや、やめておこうか。

いたずらに寝返りを打っている時、ふと姉の言葉が浮かんだ。芳彦の友達のボクサーが言ったという言葉だ。

「相手のパンチを受けないように避けていると、間違いなく自分にパンチは当たらないから、ダメージはない。だけど避けるということは、前に出ないことだから、自分のパンチも相手に当たらない。だから勝てない」

かつて、この言葉に奮起して小野に連絡を入れた。それが何かに結びついたわけではないが、行動を起こしたせいか、心残りがない。

そう言えば私は、「前向きバアサン」だのと他人をバカにするだけで、自分から前に出たのはあの時くらいだ。

枕元の時計が午前三時を示す頃、「明日、市役所に行く」と決めた。こっちのパンチを当てないことには勝てない。


小平市の高齢者支援課を訪ねたのは、翌朝のことだった。

私の話を聞くなり、女性職員が、

「寿法院（じゅほういん）ホリデイのことですね。デイサービス施設です」

と、すぐに答えた。

あそこは思った通り、寿法院という寺がやっていた幼稚園だった。子供が減って園を閉じたのだという。その際、寺は宗教法人だが、何か社会のために役立てたいと望んだそうだ。そして、ＮＰＯ法人に委託し、今はその社会福祉サークルが運営していた。

「市とも密に連絡を取りあっていますが、運営そのものはＮＰＯです。そこに園芸のお話をされてはどうですか。結果はわかりませんが、香川（かがわ）さんという担当が、お話だけは聞いて下さると思います」

そう言われ、自分の気持が萎えないうちに、寿法院ホリデイに向かった。

昨今の設備のそろった施設ではなかったが、家族的な雰囲気だ。高齢者たちはお遊戯風の体操をやったり、切り絵やぬり絵をやったりしている。車椅子の人たちも、せっせと色をぬり、友達と見せあっては歓声をあげている。

香川は、五十がらみの女性だった。

「とてもありがたいお申し出ですが、他のスタッフにも相談致しませんと。それに寿法院さんの許可も必要です」

「はい。明日あさってからということではないんです。ただ、ぬり絵やお遊戯に加えて、花を育てるのはとてもいい影響を与えると思います」

「ええ。私もそう思いますが……」

「幸い、私には園芸の知識も時間もありますし、寿法院さんがここをデイサービスとして社会に役立てておられるように、私は園芸が生かせないかとずっと考えておりました」

「ありがとうございます。でも、ご覧の通り、うちはバラを植えるほどのスペースもございませんし、ありがたいお申し出ですが、かなり難しいと思います」

「ゆっくりお考え下さい。私は決してあやしい者ではなく、世界的な造園家の山賀敏男ご夫妻とは昔からのおつきあいです」

「あの山賀敏男ですか。テレビや雑誌で」

山賀の名は大きい。賀状の交換程度の今だが、知ったことではない。

「彼に確認して頂けば、香川さんも安心されると思います。提案ですが、試しに一ヵ月とかお任せ頂けませんか」

香川は私の熱意は十分に感じ取っていたと思うが、

「まずは相談させて頂きますので」

と腰を浮かした。私も立ち上がった。

「私、今年で七十二歳なんですよ。あと三年で後期高齢者のお婆さんですけど、まだ体も頭もお役に立てます」

「よくわかります」

「ね、香川さん、高齢者が高齢者を癒やそう、励まそうっていいでしょ？」

香川が呆気にとられた顔をした。

第九章

寿法院ホリデイからは、まったく連絡がない。私がかけ合ってから一週間たっている。そんなに面倒なことではないし、向こうにとっては悪くない話だろう。

夫はパソコンを開きながら、

「忘れられてるんだよ。ボランティアをやらせてくれって言ってくる高齢者、たぶん多いんだと思うね。若い人なら使えるけどさ」

「バアサンじゃ、かえって世話がかかるってわけ?」

夫は何も答えず、パソコンを動かし始めた。

言われてみると、わざわざ七十代にボランティアを頼むことはない。本来、ボランティアされる側なのだ。

作業中に倒れたり、小さな段差につまずいて転んだり、持参したお握りをノドに詰まらせたり、何かあったら向こうの責任も問われるだろう。

何をやるにも、歓迎される年齢というものはあるのだ。高梨公子や識者たちが、いくら「死ぬまで不可能はない」と言おうが、ある。

それをきちんとわきまえて動くことが、「いい年齢の取り方」なのかもしれない。

だが、人は年齢を取れば取るほど、わきまえたくないとあがく。

パソコンの画面から目を離さない夫に、言った。

「私、もしもホリデイから来てくれって言われたら、引き受けるからね。迷惑かけないように気をつけて、やる」

「来てくれなんて言わないって。ホントに来てほしけりゃ、すぐに返事するよ」

私にだってわかっていることを、ズバリと口に出す。結局、園芸は「やっと自分が楽しめる年齢になったのです」というところに行きつくのか。

「オッ！　建が写真送って来たよ」

夫が画面を示して、声をあげた。

スペインに行ってかなりたつが、写真を送って来たのは初めてだ。

「見ろよ、アンダルシアの青空って、すごい青だよ」

私もかけ寄って、のぞく。

「建は写ってないのね」

工房かアパートの近くだろうか。白壁に沿って、石造りの真っ白な家々が並んでいる。その上に広がる空は、日本では見たことのない青だった。

白と青の強烈なコントラストは、日本とはあまりに違う。この町で、建はどう生きているのだろう。

もう一枚は工房の入口に立つ建だった。作業衣のようなものを着て、木材を積んだ台車に手をかけている。日に焼け、少し太り、元気そうだ。入口のドアが開いており、中に人影が見える。

建の師匠だろうか。夫と二人で拡大して懸命に見たが、わからなかった。

「写真は二枚だけ？」

「だけだよ」

「風景なんかより、建が働いてるとことか、仲間と飲んでるとことか、アパートの部屋でくつろいでるとことか、建本人が見たいわよ。ねえ」

娘なら親の心配を思って、そんな写真を送ってくるだろう。

夫は二枚を繰り返し見て、頬をゆるめている。

「写真送ってくるだけ、建も成長したよ。いい時に出直したと、つくづく思うね」

私もわかってはいる。

姉はサ高住の室内を見て、至るところに手すりがついていると喜んだ。段差がなくて安心だと喜んだ。小学生の頃、姉と遊びながら帰った毎日を思い出す。ジャンケンをして、グーで勝つと「グリコ」と三歩進む。パーは「パイナップル」と六歩、チョキは「チョコレート」で、これも六歩だ。先に家に着いた方が勝ちなので、少しでも大きく歩幅を取ろうと、跳ぶように進む。お互いの手が見えないほど離れると、「グー」とか「チョキ！」とか大声で叫びあった。

そんな時代があったのに、今は手すりが嬉しい。お握りを詰まらすことを心配する。年を取った。

手すりに安堵する年齢になると、人生はやり直せない。わかってはいる。

突然、夫が言った。

「な、来年二人でスペインに行こうか」

「え？　スペイン?!」

「建のいる場所、夏江だって見たいだろ。建に言っとこう」

夫は建にメールを打ち始めた。私に聞かせるように、口に出しながらだ。

「写真を見て、来年……ママと二人で行こうと決めました。ホテルとか……ママの気に入りそうなとこ……、改めて頼みますから。……と」

若く見える夫だが、パソコンを見る横顔は肌がくすみ、白髪さえも薄くなり頭皮がのぞく。

この人にも「少年時代」があったのだ。お母さんの作ったお弁当を持って遠足に行き、小さな海水パンツをはいてお父さんと海で遊び、お祖父ちゃんお祖母ちゃんの家に行く。そうやって愛され、守られていた時代があったのだ。

あの頃見た空を思い浮かべると、今よりずっと広かった。町も人も今より活気があって、大らかだった。私も「少女時代」だったからだろうか。

何もかもが変わり、多くの人が消えた。だが、今も、私たちは一緒にいる。

スペインに行こうかと話す。

「今度生まれたら」と考えるのは、この人が目の前にいるからかもしれない。

「この人はずっと、このままいる」という思いは、忘れてしまうほど当たり前になっている。人は必ず死ぬし、かつての少年少女はその年代に入っている。

なのに、どこか他人ごとだ。

「今度生まれても芳彦と結婚するわ」

と言い切った姉の前から、芳彦は突然消えた。姉はまだあの答をするだろうか。


二週間がたとうというのに、寿法院ホリデイは完全に私を忘れたようだ。こちらから「その後、どうですか」と確認するのはプライドが許さない。結局、パンチを当てられないまま終わるが、もういい。

午後、姉に招かれ、新居の「フォンテ清瀬」に、夫と向かった。

陽がふり注ぐ部屋に入った夫は、

「すごいな。モデルルームみたいだ」

と声をあげた。

「安物の家具よォ」

と手を振る姉は、何だか若返って見える。

テーブルには手作りのピザやサラダ、生ハム、イカやエビのフリット、そしてワイン、りんごジュースなどが並んだ。

「〆めに海苔（のり）茶漬を用意してあるからねッ」

夫の目にも、姉は弾んでいるように見えたのだろう。私が聞けなかったことを、さり気なく口にした。

「この部屋に一人暮らしは最高だな。じゃないですか、お義姉さん」

「狭いけどねえ」

と苦笑した後、姉は言った。

「一人って意外と淋しくないものね」

それは、ごく自然に出た言葉のように思えた。やせ我慢の匂いは感じなかった。

夫もそう感じたのだろう、鼻白んだのがわかった。

「そりゃあ、今も腹立つし、くやしいし、許せないし。あの人を全然思い出さないかって言ったら、思い出すわよ。毎日……」

姉は開け放った窓を見た。小さなバルコニーに吹く風が、レースのカーテンを揺らす。

「突然、思い出すのよね。あの人と同じ整髪料の人と町ですれ違ったりした時とか。芳彦の匂いがして……。あと……」

姉の目が潤んでいるように見えた。

「あと、スーパーに枝つきの枝豆が出たりすると……。芳彦は枝つきかどうか、食べてすぐにわかるの。『味が全然違うよ』って。で、自分で買って来て、自分で枝から外してた。夏の風物詩みたいなものよ」

すぐに明るく言った。

「でもね、今、朝の光がベッドに、もうさんさんと降り注ぐわけね。目を開けた時、幸せなのよ。ああ、一人もいいなァって。陽を浴びて、ゆっくり伸びをして、もうひと眠りしたり」

　そして、つぶやいた。

「五十代までの間に、こんなめに遭わされてたら、気がヘンになっていたと思う」

「七十代だと違いますか」

「うん、違う。夫婦はお互い、杖がわりだったかなって」

「うん。あの人もバンビも新しい杖を大事にすることよ。一人になってみて、私はまだ、杖なしでやっていけると思った」

「えーッ?!」

　そして、笑顔で言った。

「同じ匂いや枝豆にしんみりするのも、もって三ヵ月だよ。ね、夏江」

　こんな話を私に振るな。

「芳彦はいい夫で、いい父親で、私は『ああ、幸せ』って何回も思ってここまで来たけど、一人ってホントに楽。これもいいなァって思う」

「お義姉さん、そう思える間は絶対に杖はいりませんよ」

夫は笑ってトイレに立った。

夫には聞かせたくないので、これ幸いと私は言ってみた。

「お姉ちゃん、今度生まれても芳彦さんと結婚する？」

姉は大きく両手を振った。

「しないしない。しないわよォ。自分にしっかりと経済力をつけて、父親は誰でもいいからミキを産んで、一人でちゃんと育てる。ミキにも経済力つける教育を、徹底的にする」

「そう……」

「夏江も、今度はしないって言ってたよね」

うなずいてみせたが、以前ほどの自信はなかった。

帰宅後、夫が首をすくめた。

「イヤァ、杖がわりにはぶっ飛んだな」

「まだ、負け惜しみを言いたいのよ。十六からつきあってたんだもの、口で言うよりはショックは深いよ」

芳彦と姉は、少年少女の時代から一緒に生きてきたのだ。

電話が鳴った。

「私、寿法院ホリデイの香川と申しますが」

ええッ?! 忘れてなかったのか。

「色々と根回し等がありまして、お返事が遅くなりました。よろしければ、試しに三ヵ月間、やってみて頂けますか」

喜びの声をあげたかったが、グッとこらえた。私は足元を見られるのが一番嫌いだ。

「まあ、そうでしたか。ありがとうございます。私はぜひともそちら様でやらせて頂きたいんですが、お返事、二、三日お待ち下さいますか」

夫が私を見ている。電話の内容がわかったようだ。なぜ、二、三日待たせるのかという顔だ。

「実は、他から幾つかお申し出を頂いておりまして、そちら様のお返事を頂くまでペンディングにしていたんです。ただ、あまりにお返事がないものですから、夫は『忘れられたんだよ』と申しますし、その中の一件にお返事してしまったんですよ」

ヤレヤレという顔の夫と、目を見かわした。

「私は、今でもそちらでできればと思っておりますが、お返事した先方が引いて下さるかどうかわかりません。ただ、お話だけはしてみますので」

穏やかに丁寧にそう言い、電話を切った。

「夏江、何、気取ってんだよ。引き受けろ。ずっと待ってたんだろ」

「バアサンはね、見栄が大事なの。どんな時でもホイホイ飛びつくとなめられる。なめられたら最後、世間は不要品と見るからね」

「そういうこともあるだろうけど、二、三日待たせるのは長すぎだよ。見栄張ってる間に先方の気が変わるぞ。なら、他に頼もうとかさ」

少し焦って来た。他に決められては元も子もない。今すぐにでも「大丈夫でした」と電話したいが、それでは足元を見てくれと言っているようなものだ。

致し方なく言った。

「明日の午前中にOKの電話する。そのくらいなら、私のメンツも立つし」

「まあ、ギリギリだね」

「その前に、あなたに確認しておくね」

「何を」

「私はそのボランティアで、まずは三ヵ月だけど日中は留守が多くなるわよ。家事も今迄みたいにはできないかもしれない」

「いいよ、俺だってやってるだろ」

「ならよかった。『年齢(とし)なんだから、ボランティアより互いの杖の生活に責任を持とう』とか言って、反対される心配しちゃった」

夫は黙った。おそらく、思い出している。かつて、私の千載一遇のバイトを、子育てに責任を持てと猛反対したことをだ。

私は皮肉をかましたことで、かなりスッキリした。三十年以上も若い時のことだし、私自身もあの時、反対されて安堵したところもあった。

今は何も恐くない。しょせん、先は知れている。年齢が解放してくれた。

翌日、寿法院ホリデイに電話をかけ、引き受けた。見たか！　前に出たからパンチが当たったのだ。

もうひとつパンチを繰り出そうと、札幌の小野に電話をかけた。秘書が、

「山賀は出張中ですが、帰りましたら伝えますので、お名前を。……佐川夏江

様ですね。……あ、ちょっとお待ち下さいませ。副社長が出るそうですので代わります」

と言うと、すぐに佐保子が出た。

「夏江さん？　佐保子です」

「お元気ですか。ご無沙汰ばかりなのに、突然電話して」

「いいえ。山賀は明後日には帰りますが、何か伝えましょうか」

私はまずは佐保子に相談しようと思った。

園芸ボランティアを決めたことと、狭い庭の様子を話した。

「バラをからませたらどうかと思って、丈夫で作りやすい品種のご相談なんです。病気や害虫に強くて、よく咲く品種ってムシのいい話なんですが」

私の説明をひとしきり聞くと、佐保子が言った。

「山賀の意見も聞いてみますけど、私はバラじゃない方がいい気がします」

思ってもみない答だった。いくら桜の専門家でも、ソメイヨシノを植えろなどと言わないだろうな。

「デイサービスに見える方々は、たぶん後期高齢者が多いでしょう。でしたら、若かった頃にはそこかしこに咲いていたのに、今はあまり見られなくなった花。それを育てると懐しさもあって、喜ばれそうに思います」

バラばかりを考えていた私には、突然そう言われても花が思い浮かばない。

「どんな花？」

「たとえば、オシロイバナやホウセンカ。これは学校の花壇に必ずあったでしょう。あと駅にはポンポンダリアとグラジオラス。木造の駅舎によく似合ってましたよね」

その光景が甦った。小学校の校庭には、白い百葉箱（ひゃくようばこ）があった。そのまわりにオシロイバナもホウセンカも咲いていた。木造の小さな駅舎、そのホームには必ず、ポンポンダリアとグラジオラスが植えられ、強烈な夏の陽ざしを浴びていた。ヒマワリもあった。

秋には、ススキもオミナエシも、ケイトウも、そこら中に咲いていた。どれも今、町では見ない。

「佐保子さん、ありがとう！　それすごくいいです！」

「いい?!　よかったァ」

「私と佐保子さんは同い年ですから、道端には黄色いマツヨイグサや、青いツユクサも見たでしょう？　白いドクダミも、タンポポやネコジャラシも」

「ありました、ありました。誰も世話しないのに勝手に咲くんですよねえ。うちの方には数珠玉（ジュズダマ）やシロツメクサもありましたし、お手洗の窓からはどこの家でもイチジクの木が見えました」

「ああ、思い出す。イチジクってなぜか、お手洗の近くに植えられるんですよね。裏のジメジメしたところ」

佐保子とこれほど話が弾むのだから、後期高齢者はどれほど喜ぶだろう。それに、どれも雑草だったり、強かったりして、育てるのが楽だろう。だが、そんな草花の種とか苗（なえ）は売っているのだろうか。

「夏江さん、私たちにもお手伝いさせて下さい。グラジオラスやポンポンダリア以外は、町の園芸店では見ませんものね」

「え……手に入れて頂けるんですか」

「全部入るかどうかわかりませんが、心当たりに頼んでみます」

「嬉しい。本当にありがとうございます」

体が熱くなった。

「夏江さん、園芸療法の勉強をされたらどうですか。植物や緑で人間を癒やすんです。園芸療法士という資格もあります。ただ、これは学校に行ったり、資格試験を受けたりが必要ですけど」

「園芸療法……調べてみます。何か私にピッタリ」

資格を取れなくても、大学の園芸学部や農業大学で、そういうオープン講座をやっていないだろうか。

私のやる気に火がついた。学んでみよう。気づくと、「前向きバアサン」になっていた。

夫には、小野夫婦が力を貸してくれることを話した。

「小野君か。久々に会いたいなァ」

と言ったが、近隣の歩こう会と合同で、チャリティ・ウォーキングが決まったところだ。「会いたい」などは社交辞令である。蟻んこクラブ主催のこのイベントを、新聞の東京版や区報でも取りあげてくれるそうで、気合いに拍車がかかっている。

私は寿法院ホリデイの香川と、電話で日程を打合わせた。苗や種が手に入ったらすぐに行くと話すと、

「昔の草花、きっとみんな喜びます。庭に積んであるガラクタだけ片づけておきますね」

と、張り切った声をあげた。

それから一週間ほどたった頃、小野本人から電話が来た。

「手に入りましたよ。昔の草花」

「えーッ?! ホントに?!」

「佐保子と話したという全種類じゃないですけどね」

「小野君、本当にありがとう。感謝しきれないわ」

「いえいえ。植えつけはいつですか? 七月二十二日には着くよう送れますが」

「そうしてくれる? 植えつけは翌日の二十三日に決めるから」

「わかりました。フェンスがあると聞いたので、白いひと重のテッセンも送り

ます。今はクレマチスと呼びますけど」

「テッセンかァ。懐しい名前……。ツルが鉄線みたいだって、昔はそう呼んでたのよね」

「ひと重の白なら、フェンスにからんでも、昔の草花のよさを殺しませんしね」

「ホントね。あれ自体が昔の草花みたいだものね」

「そうです、そうです。今井さん、僕らも手伝いたいですから、また、何かあったらいつでも言って下さい。いい土や肥料も一緒に送りますね」

不思議な縁だった。あの小野と再会することも、力を借りることも予想外だった。本当に、人生は何があるかわからない。

だから、高梨公子が言ったように、人間が最も不幸なことは、自分の墓碑銘を知ることなのだ。先々が見えたら、生きる気力を失う。見えないから、先々を少しでもよくしようと、懸命になる。たとえ小さな効果でも、生きる気力になる。

高梨は、弱気にならない。たまにいいことも言っていた。

二十三日の当日、私が朝九時に寿法院ホリデイに着くと、香川が不安気に寄って来た。

「苗も種もまだ届いてないんです」

「ウソ！　昨日のうちに届くことになってるのよ。ハッキリ、二十二日にここに着くように送るって」

「どうしましょう」

香川が示す先には、軍手をしたりシャベルを持ったりして、張り切っている高齢者が七人ほどいた。車椅子の人もいた。

「園芸が大好きな人たちで、気合いが入ってるんです」

何か運送の都合か事故だろうか。考えてもいないことだった。こういうことも予測して、少しでも自分で苗や種を準備しておくべきだった。

「香川さん、今日は土壌作りだけということに変更します。何かの手違いで届いてないんだと思いますので、後で調べてみます」

とは言っても、土も肥料もない。「あの山賀」が私のためにやってくれている。それもここちよくて、甘えきっていた。

私は元気に高齢者たちに言った。

「今日は石ころなどを除いたり、雑草を抜いたりしますよ！　その後で庭の硬い土を掘り起こして、たっぷりと空気を入れます。フェンスのところも全部です。かなりの時間をかけますからね」

七人は後期高齢者中心だが、うちの二、三人は私と同年ほどに見えた。

「シャベルや除草用のクワは小さいですが、手を傷つけないでね。さあ、始めて下さい」

高齢者たちは張り切って、狭い庭に散った。苗は植えられないが、土の匂いを嗅ぎ、手に土をつけるだけでも必ずときめく。

私も一緒に雑草を抜きながら、一人一人の手際を公平にほめた。そう、高齢者が高齢者を癒やし、励ましている。

しかし、気が晴れない。本当に運送の都合や事故だろうか。それなら、そうとわかった時点で、私の携帯電話を鳴らすだろう。「二十二日」を何回も口にしていた小野であり、昨日届くことに間違いはなかった。

小野は私に仕返しをしたのだろうか。そう思った瞬間、自惚れに苦笑した。あれほどの小野が、そして佐保子が、私ごときに仕返しなどするわけがない。それも五十年にもなろうかという昔の話だ。

きっと、何か急な事情で、送ることができなくなった。小野はそれをたった今、知らされたのではないか。ありうる。きっとそうだ。もうすぐ私の携帯が鳴るだろう。何だか虚しい慰めだったが、そう思って自分を元気づけた。

そして身にしみた。年齢を取るほどに、人は誰かをアテにする。頼る。だが、自分でできることは、何があっても自分でやる気概が必要だ。「今、杖はいらない」と言った姉を思い出した。

人は必ず、全面的に誰かに頼らなければならない時が来る。その時、可能なことはずっと自分でやっていた高齢者には、周囲の見る目も違うだろう。

私は昔の花を手に入れることはできなくても、ポンポンダリアやグラジオラスの苗は買いに行ける。出費は痛いが、当初からわかっていたことだ。なのに、他人に頼り、他人に甘えた。

加齢と共に、できないことはふえる。できることだけは、自分に号令をかけて頑張る。自分のお守りは自分でする。石ころを除きながら、身にしみていた。

夫は自分で自分のお守りをしている。老後の生活を自分で開拓している。今後、夫婦で杖になりあい、アテにしあうことは出てくる。一番気兼ねのない相手が杖がわりということは、お互いにどれほどの救いか。

今日は、そう気づいただけでもよかったのだ。

「皆さーん、進み具合はどうですかーッ」

「まだ石がゴロゴローッ」

「年寄りは力ないからねえ」

車椅子の婦人はぼやいた。

「私だって力ないのに、みんな、こうですよ」

と指さした。車椅子の脇に、抜いた雑草をつめた大きなゴミ袋が幾つもあった。彼女は、袋の口を結んで閉じている。ぼやきながらも、どこか嬉しそうだ。

「遅くなってすみませーん」

「夏江さーん、ごめんなさーい」

声と同時に、小野と佐保子がかけ込んで来た。香川がびっくりし、

「え……本物の山賀敏男……？」

とつぶやいた。

「小野君……来てくれたの？」

「送るつもりで準備してたところに、東京で仕事が入ったんですよ。なら二十三日に直接持って行くかって」

「主人は、サプライズだから知らせるなって。それが事故で渋滞しちゃって。かえってご心配おかけしました」

佐保子はそう言うなり、高齢者たちに声をかけた。

「あー、いい感じ。いい感じに掘り起こしてますねえ」

「北斗園芸㈱東京支社」と書かれた軽トラックから若い男が降りて来た。台車に苗や土、肥料などを積み上げている。社員らしく、「東京花卉部　北原」の名札をつけている。

小野は北原からクワを受け取り、掘り始めた。さらに土の匂いが漂う。

佐保子は、高齢者の一人一人と言葉をかわし、

「ここ、もう少し掘った方がいいですよ」

「何をどこに植えるか、考えて下さいね」

などと指示を出す。

車椅子の二人には、小さなフラワーポットを幾つも渡した。

「ここから、苗をひとつひとつ出して下さい」

「根を傷つけないで下さいね」

一人一人にこうやって、仕事を与えている。高齢者たちはますます張り切って、お互いをほめたりして歓声をあげる。

すると、室内から二、三人が出て来た。たぶん、お遊戯やぬり絵をやっていた人たちかもしれない。

小野は彼らを見るなり、手を挙げた。

「いいところに来てくれました。こっちは手が一杯で。肥料を土に混ぜてもらえますか」

小野にそう言われ、彼らはすぐに肥料の袋を開け始めた。アテにしがちな年

齢が、アテにされた。そのせいか、腕に力が入っているように見えた。

若い北原の力もあり、午後三時にはすべての作業が終わった。

掘り起こした土は黒々とし、カンナやポンポンダリアは、すぐにも花が開きそうだ。佐保子に頼まれ、高齢者たちはフェンスのテッセンにも、玄関横のマツヨイグサにも、たっぷりと水をやった。

車椅子の婦人が、佐保子に笑顔を向けた。

「オシロイバナが咲くの、楽しみですよ。女学校に通う道に、いっぱいあったの」

「あらァ！　そうでしたか。石川（いしかわ）さん、待ってて下さい。赤と白の二種類がすぐ咲きますよ」

佐保子はすでに名前まで覚えていた。

「俺はドクダミが楽しみ。昔、働いてた工場には、いっぱい咲いててさ」

小野が汗を拭きながら返した。

「今、ホント見ませんよねえ。でも、ここでは咲くし、増えますよォ。これから松井（まつい）さんはドクダミ係長だな」

みんなが声をあげて囃す中、松井は頬を紅潮させ、照れていた。私は松井の名も知らなかった。

帰りの準備をしていると、香川が呼びに来た。

「お昼もお出ししませんで。せめてお茶だけでも」

小野夫妻、北原、そして私は職員室のような部屋に案内された。すると、このＮＰＯの理事長が立ち上がり、深々と頭を下げた。

「すごい活気で、感謝の言葉もありません。本当にありがたいことです」

私以外は名刺を交換した。

「まさか、本物の山賀さんが来て下さるなんて信じられません。テレビや新聞でよく拝見しておりました」

「ありがとうございます。私は若い頃、佐川さんから園芸を仕込まれましてね。プロになれたのは、佐川さんのおかげなんです」

「主人は佐川さんに頭が上がらないんですよ。これからも何かありましたら、佐川さんを通じて、いつでもおっしゃって下さい」

自分が恥ずかしかった。同じ七十一歳で、佐保子のこの自然さはどこから来るのか。「前向きバアサン」でもなく、「今が一番若い」と頑張るでもなく、薄くておいしくもないお茶を飲み干している。

おそらく、夫婦が仕事を持っているせいもあるだろう。だが、仕事ができる年齢には限りがある。核を成しているのは、お互いを支えあい、「この人がいてくれてよかった」と思いあっているからかもしれない。

そんな夫婦なら、二人で衰えて行くことをたぶん楽しめる。趣味だけのバアサンになりたくないとあがくより先に、もっと大切な生き方がある。そう思うと、夫の顔がまた浮かんだ。

佐保子はきっと、「今度生まれたら」などとは、思いもするまい。衰えることを夫婦で楽しむ中に、きっとご恩返しも加えているだろう。ここに協力し、わざわざ来てくれたのは、それだと思った。

こんな話を、夫と真面目にしてみる必要がある。そう思いながら帰宅し、夕食を終えた。

お茶を飲みながら切り出そうとすると、夫が少し前の新聞を、誇らし気に出して来た。二〇一九年五月二十日の「新潟日報」だった。それも、カラーの別刷りだ。突然、何なのだ。

「新潟の見附市ってとこに、すごいイングリッシュガーデンがあるんだってよ。全部、市民ボランティアがやってる」

記事を示す夫に聞いた。

「何だって、うちに新潟日報があるの？」

「前に、新潟の友達が笹団子送ってくれたろ。奥さんが作ったたって」

「ああ、あれ。おいしかったよねえ」

「あの笹団子を包んであった新聞だよ」

「え？　取っといたの？」

昔は読み終えた新聞を取っておいて、まとめて売ったものだ。それを買う業者がオート三輪で町を流していた。古新聞を売ることもオート三輪も、昭和の遺物だ。いくらケチでも、今、古新聞は売れない。

「夏江の参考になるかなと思ってさ」

「私のために？」

「うん。何かずっと、思うようにいかない感じだったけど、俺も『蟻んこクラブに入れ』くらいのことしか言えないし」

そうだったのか。私の焦りやいら立ちに気づいていたのか。

「そんな時にこの新聞も見せられないしさ。今なら、モチベーションあがるかなと思って」

驚いた。蟻んこクラブと節約のことしか考えていない人だと思っていた。

別刷りを見ると、バラを中心に四季の花があふれ、客が引きも切らないとある。二・二ヘクタールもある庭を、一般ボランティアがここまでにした。

「ずっと無償ボランティアの人たちだったけど、途中から見附市が、わずかの時給を出してるって書いてあるだろ。ほんのわずかでも、励みになるよな。夏江もさ、途中から電車代程度でも出してもらえばいいんだよ。弁当代とかさ」

夫の言いそうなことだ。

「わずかな額でも金で評価されるって、認められた気になるんだよ。励みになるしね。今は女の人も外で働くけど、夏江の頃は金銭で認められること、なかったろ」

「うん、無償で家事一筋。それが主婦であり、母親だって」

「な。金銭に換算したら、そこらのサラリーマンよりすごいよ」

「女は家にいろ、男の言うこと聞けって時代だったから。女自身もそういうものだと思ってたし」

夫は黙った。

そして、なぜか神妙に言った。

「夏江、寿法院ホリデイは思いっきりやれよ。帰りが遅くなっても、別に俺はいいから」

「あ……うん」

「このボランティアは、夏江らしく生きるチャンスだからな。俺のワンゲルも、理沙のバリスタもそうだけど、思うように行かない時は基本に返ればいいんだよ」

夫は立ち上がると、

「風呂入る」

と言って出て行った。

夫が新聞を取っておいたことと、言葉の数々を考え合わせ、思った。

私にバイトをさせなかったことを申し訳なく思う気持が、ずっとあったのではないか。

むろん、当時はそう思うわけもない。今の時代になってからだ。私が七十代に入って焦り、あがき、何もできないと知った失望。それを見ながら、気持が疼いたのかもしれない。

この推測が正しければ、もう二人で今後を話し合う必要もない。口にしなくても、お互いを支えあい、杖になりあって衰えていけるのではないか。

風呂からあがってきた夫に、私は冷たいりんごジュースを出し、聞いた。

「あなたさ、今度生まれても私と結婚する？」

りんごジュースを飲む手が止まった。

「何だよ、それ。するよ」

「そんな簡単に言うの？　次もまただよ。何で？」

「理由なんてないよ。ま、夏江と一緒で退屈しなかったからな」

そう言って、りんごジュースを一気に飲んだ。

「まったく、恐ろしいことを聞くなよ。お前はまた俺と結婚する？」

「する。退屈しなかったから」

簡単に言って喜ばせてやった。

忖度のような気もしたが、過ぎた五十年を振り返ると、やはりこの人がいい。

夫は安堵したように見えた。

「今、風呂の中で思ったんだけど、新潟のイングリッシュガーデン、来週行ってみよう。暑い最中だけどさ」

びっくりした。旅なんて時間と金の無駄だと常々、言っている夫だ。

「行きたい。真夏のバラ、見たい。いいの？」

「いいよ。上越新幹線の長岡から、信越本線に乗り換えるみたいだな」

「泊まった方がいいよね」

「新潟近いもの、日帰りで十分だよ」

「でも、ガーデン、ゆっくり見たいし。汗だくの日帰りは疲れるってば」

夫は致し方ないように、同意した。七十代の夫婦二人旅、ここでホテル代をケチってどうする。

「切符とかホテル、俺が手配するよ」

「頼むね！　ゆっくり窓から景色眺めて、駅弁食べよ！　私がおごるから」

「久しぶりだな、旅行」

私はイングリッシュガーデンにもときめいたが、夫は三十年以上も前のバイトのことを反省している。それが嬉しかった。七十代の贖罪（しょくざい）の旅、悪くない。

きっと私たちは、社会にご恩返しをしながら、二人で元気に衰えていける。


当日、東京駅の上越新幹線ホームは、客でごった返していた。中高年もいれば、OL風のグループやカップルもいる。団体客も多い。

彼らをかきわけてホームを小走りに行く夫が、

「早くッ」

とせかす。

息があがるが、私も必死に走る。着いたのは、自由席の乗り場だった。

めまいがした。グリーン車とは言わないが、なぜ指定席を取らない。

ホームは歩けないほどの人で、自由席乗り場は長蛇の列である。どう考えても座れない。私はやっと気づいた。

「長岡、花火じゃない？」

「うん。俺も初めてだから、まさかここまで混んでるとは思わなかった。でも、二時間かかんないから、立っててもどうってことないよ」

ワンゲルで鍛えているジイサンはいいが、こっちは普通のバアサンだ。それに、窓の景色を楽しみながらの駅弁はどうなる。夫はこの期に及んでもケチだった。

私たちは、通勤電車のような混雑の中に乗り込み、デッキのドア近くに立った。この状態で二時間は、七十一歳には耐え難い。

ふと不安になり、乗客に押しつぶされながら聞いた。

「花火なのに、よくホテル取れたね。日帰りじゃなくて、ちゃんと取ってあるのよね？」

「大丈夫。割引きクーポンが使える部屋がいいって言ったら、窓がない一部屋だけ空いてた。花火が見えないからだって」

「あ……」

「寝ちゃえば窓なんか関係ないだろ。だからすぐ押さえた」

「そうよね。ラッキーだったね」

忖度してそう答えたが、今度生まれたらこの人とは結婚しない。やっぱり。

あとがき

ある日、雑誌のインタビューを受けた。その後、掲載誌が送られて来て、私の談話が出ていた。

「この件に関し、脚本家の内館牧子さん（70）は……」

とあった。

衝撃だった。記事や肖像写真についてではない。

（70）という数字にだ。

そうか、私は（70）なのだと思った。むろん、そんなことはとうにわかっていたのだが、それまでは全然気にならなかった。雑誌に（70）と印刷された数字を見た時、初めて、もう「お年を召した方（かた）」なんだなと思った。

その後、私と同年代かそれ以上の女性たちが、よく言う言葉に気づいた。

「今度生まれたら」

現在が不幸なのではない。その多くは子供も心配なく暮らしており、孫たちも元気だ。何よりも、今日まで共に暮らす夫は大切であり、情もある。

なのに、やり直しがきかない年齢を意識すると、遠い目をする。

「今度生まれたら」

と口をつく。むろん、

「また同じ人生がいい」

と笑顔で言い切る人も少なくはない。

女性誌などで、「人間は幾つになってもやり直せる」「人間に年齢は関係ない」と説く人はいる。それは理想的なことだが、私はやり直すには年齢制限があると思っている。以前はそう思っていなかった。だが、私自身が「お年を召した方」になってみると、「人間に年齢は関係ない」という口当たりのいい言葉は使い難い。ただし、たとえ（70）を過ぎても、人生の一部分を、また生活の一部分を、やり直すことはできる。

だが、若い頃に夢見た人生を（70）以上からやり直すのは難しい。むろん、あくまでも私個人の考えである。

読売新聞に、「四季」という俳句のコラムがある。二〇一九年二月十七日のそれに、象徴的な一句が出ていた。

白鳥になる夢も見し昔かな　矢野京子

これは句集「花びら餅」からの一句で、俳人の長谷川櫂さんが解説している。

「少女のころ、あるいは二十歳のころ、人は夢という希望を道標に、人生の森に分け入ってゆく。そして数十年がたち、やっと気がつくのだ。若い私を誘った、あの夢は何だったのかと。水に遊ぶ白鳥を眺めながら」

この思いは少年たち、つまり男性も同じだろう。妻子と共につつがなく、幸せに生きてきた。だが、老境に入り、「俺の人生、何だったのかなァ……」と思っても不思議はない。もはや、やり直せないと自覚すると、つぶやくこともあろう。

「今度生まれたら」

私は老境に入った人たちの、その揺れを書きたいと思った。多くの人は体も頭も若い。だが、社会はあまり必要としてくれない。結局、趣味に生きるしかないのか。若いだけに、その揺れは苦しい。

私が二十代の頃は、結婚して初めて「一人前」に扱われる社会だった。さらにだ。結婚したら子供を生む。それによって、盤石の「一人前」になる。今では考えられないが、その風潮は厳然とあった。

私など一日中、会う人会う人に「結婚はまだ？」「そろそろ決めないとね」等々、言われ続けた。「幾つになった？」と聞かれた時は、「私、宇宙人だからトシはないんです」と答えたほど、もううるさかった。

本書の主人公の夏江（70）は、そんな中で、望み通りの結婚をする。それも「結婚適齢期」の入り口でする。バリバリの勝ち組である。今も夫と平和に、何の不足もなく暮らしている。

だが、思う。

「この人と結婚していなければ、別の人生があったんじゃないか」

「あの時、二本の道があった。私はこっちを選んだけど、あっちを選んでいればどうだっただろう」

白鳥になる夢を見た昔を思う。白鳥になれずに死ぬ自分を思う。

何だか取り返しのつかない間違いをしたような、人生を無駄にしたような、焦燥感に襲われる。

私はやみくもに「人間は幾つになってもやり直せる」と力づけるのは、具体性のない励ましに過ぎないと思っている。すると、二〇一九年四月十六日の産経新聞に、大きなヒントが載っていた。

タイガー・ウッズは、稀代のプロゴルファーとして、世界に君臨した。だが、薬物と女で奈落に落ちた。おそらく、彼の復活を考えた人は少なかったのではないか。同紙で本人も「引退も考えた」と語っている。

だが、同年のマスターズで、復活した。メジャー大会におけるみごとな逆転優勝だった。

とはいえ、ドライバーの飛距離は以前のようではない。同紙は、

「昔のウッズが、そのまま帰ってきたわけではない」

と書く。ウッズには、以前にはなかった冷静さと攻め方の知識が備わってい

たという。

コラムは次のように結ばれている。

「人は蘇(よみがえ)ることができる。

ただしかつての姿を追うのではなく、何者かに変身しなくてはならない。これがウッズから受け取る、あらゆる分野に通じる教訓かもしれない」

この小説を書くにあたり、ギター製作者の黒澤哲郎さんに、多くを教えて頂いた。製作所もつぶさに見せて下さり、心からお礼申し上げる。

そして、『終わった人』、『すぐ死ぬんだから』に続き、三たび伴走して下さった編集者の小林龍之さんの力は大きいものだった。

誰よりも、この本を手に取って下さったお一人お一人に、心から感謝申し上げます。ありがとうございました。

二〇二〇年十月

東京・赤坂の仕事場にて

内館　牧子

解説

井沢元彦（作家・歴史家）

「七人の子を生すとも女に心を許すな」という「諺」がある。

私が言ってるんじゃないですよ。あくまで中国の諺で、妻が自分の子を七人産んでくれたとしても絶対に気を許すなということです。出典は「詩経」だから中国では紀元前からそう言っているということで、その背景には根強い男尊女卑・女性蔑視の文化があります。儒教という宗教がその根源で、儒教は先祖崇拝を絶対視しますが、その先祖とはあくまで男系の先祖に限るから男尊女卑になるわけです。だから「三従の教え」というのもありました。「女は幼い時は父に従い、嫁しては夫に従い、老いては子に従え」ということです。その子というのも家督を継いだ息子（男）のことで娘（女）ではない。だからずっと昔から夫婦別姓です。

これを「夫婦別姓完全実施か、中国の方が進んでるな」と思ったら、とんでもない大誤解です。男系絶対とは現代風に言えば父親のDNAを持っている人間にしか価値を認めないことです。子供は息子であれ娘であれ父親のDNAを継いでいる。だから、父の姓を名乗れるが妻は名乗れない。いや、もともと赤の他人だから名乗らせない、これが中国式夫婦別姓の考え方です。だから女は「産む機械」「女の腹は借り物」ということになり、「嫁して三年、子無きは去れ（子供を産めなければ離縁せよ）」ということにもなります。「産む機械」が不調なら取り換えればいいじゃないか、ということです。当然、夫の財産の継承権もない。

日本は本来中国とはまったく別で、そもそも女王卑弥呼が君臨していた国だから、天皇家にも女帝が当たり前のようにいました。しかし中国で女帝と言えば唯一人「聖神皇帝武則天」しかいませんし、彼女は皇后つまり則天武后だったころから稀代の悪女だったと言われています。

とんでもない、これは歴史家として私が世界で初めて言ったことだと思いますが、彼女は大英雄ですよ。それまで歴代皇帝（つまり男ども）が出来なかった朝鮮半島制圧を成し遂げたのも彼女ですし、それで潰された百済を復興するために戦いを挑んできた日本の中大兄皇子（後の天智天皇）を白村江で完膚なきまでに叩きのめしたのも、皇后時代の彼女つまり則天武后です。

しかし男尊女卑の中国では、それは全部が夫（皇帝高宗）の功績となってしまう。そこで彼女は戦った日本においては女帝が当たり前だと知り、「なんだ。女が皇帝になってもいいじゃない」と思い、いわば日本のマネをして中国初の女帝となったというのが歴史家としての私の見解です。私の知る限り中国人でそういうことを言った人は一人もいません。大中国が日本ごときのマネをしたと思いたくないでしょうし、そもそも彼らは武則天を、つまり中国史上に女帝がいたことを恥だと思っています。後代の儒学者は「賊后つまりドロボーである皇后は皇帝とは認めない」などと言い出しました。「女はダメ」ということです。その女が誰かは明白ですね。

だから歴史上の事実が正当に評価されないのでしょう。彼女に悪女と言われる要素があったのは事実です。私の個人的見解では、彼女は皇帝にのし上がるために自分の娘を絞め殺しその罪を時の皇后になすりつけて自分が皇后になり、その後は夫を薬漬けにして女帝になったと考えています。確かに「悪」には違いないですが、完全な男尊女卑社会だった古代中国では、そうでもしない限り女が皇帝にはなれなかったと思います。繰り返しますが彼女は中国史上空前絶後の存在で彼女以外に女帝は一人もいません。

何を言いたいのかって？　はい、それは近代以前の中国がいかに極端な男尊女卑の国家であったかです。そういう国で言われたことだから、当然冒頭に述べた諺も女性蔑視の産物で事実ではないと私は思っていたんです。

いま私の確信は大きく揺らいでいます。ひょっとしてこの諺だけは正しいのではないだろうか、と。若い人には子供を七人も産むというのはリアリティの無い話かもしれませんが、大正生まれの私の父も母も六人きょうだいでした。明治生まれの歌人与謝野晶子(よさのあきこ)は確か十二人の子供を産んでいます。昔は七人ぐらい珍しいことではありませんでした。

なぜ私が「この諺だけは正しいのではないだろうか」と思ったかはお分かりでしょう。この内館牧子作『今度生まれたら』を読んだ、いや読んでしまったからです。女性の方には実に面白い本でしょうね。確かに、内館さんの書く通り「男はバカで女の方がはるかに利口」です。そして女は怖い。最後の一行など男にとっては救いのない女の恐ろしさがにじみ出ています。男はいつまでたっても子供だが女は小さい頃から大人です。

ひょっとしてこの作品で初めて内館作品に触れた人の中には、これが個人の体験に基づく私小説的なものではないかと誤解する人がいるかもしれないので一言。それはまったく違います。内館さんはもともとシナリオライターで、数々の名作（連続テレビ小説『ひらり』など）がありますが、小説ではこの作品も含めて四部作と言っていい『終わった人』『すぐ死ぬんだから』『老害の人』を通して読んでいただければ、内館さんの小説家としての力量に誰もが感嘆すると思います。もちろん単なるストーリーテラーの作ではなく、読後もズシンときます。

ちなみに内館さんは「女優」でもあります。私はここ二十年くらい親友の作家高橋克彦（たかはしかつひこ）さんが始めた素人芝居の「盛岡文士劇」を手伝い、現在は「座長代理」を務めていますが、内館さんも当初からのメンバーで何度も共演したことがあります。内館さんが紫式部で私が藤原道長だったこともあるし夫婦役もやりました。仲々の芸達者ですよ。機会があれば、ぜひ観に来てください。毎年十二月にやっています。岩手では正月番組としてテレビで放映されますから、旅行が難しい方々は伝手を求めて録画してもらうという手もあります。東京公演もたまにはやります。

なぜ盛岡で文士劇なのかと言えば、昔は東京で丹羽文雄や三島由紀夫もやっていた作家をメインキャストにした素人芝居（つまり文士劇）が、いつしか消滅してしまったのを残念に思っていた高橋さんが、とりあえず地元盛岡で復活させようと考えたのがきっかけです。秋田生まれの内館さんにとっても、父親が生まれた盛岡は「第二の故郷」であり、看板女優として当初から協力していただいたわけです。ちなみに、これで足繁く盛岡に通うようになったせいでしょうか、四部作の第一作『終わった人』は盛岡が舞台のひとつです。映画化もされ主演の舘ひろしさんはモントリオール世界映画祭で最優秀男優賞を獲得しました。映画の舞台も盛岡と東京で関係者がいわゆるカメオ出演もしているので機会があればぜひご覧ください。実は盛岡文士劇に刺激を受けて東京や大阪でもやろうじゃないか、という話も出てきました。将来が楽しみです。

そうそう本作『今度生まれたら』の解説でしたよね。男はバカです。主人公佐川夏江ことナッツの夫の和幸も、姉の夫でバンビに引っかかっちゃう芳彦も、私は身につまされて、あわわ感動して涙無しには読めませんでした。しかし女性を無垢(むく)な存在として信じたい私にとっては、この作品の与えたショックは大きく当分立ち直れそうもありません。なんで、こんな仕事引き受けたんだろうと今は後悔しています。

ギャラの問題ではありません。生じてしまった「心のスキマ」をどうやったら埋められるか。「飲み友達」にしていただいた藤子不二雄(ふじこふじお)Ⓐ先生も亡くなってしまったから、喪黒福造(もぐろふくぞう)(『笑ゥせぇるすまん』)を呼ぶわけにもいかないし。そういえば思い出しました。ずっと昔、先輩作家の野坂昭如(のさかあきゆき)さんは「男と女のあいだには深くて暗い河があるぅー」って「黒の舟唄」で歌ってたなぁ。ああ、だんだん気が滅入ってきた。ここは綺麗なお姉さんのいる酒場にでも飲みに行って癒してもらうことにします。

では行ってきます。

●本書は二〇二〇年十二月に、小社より刊行されました。
文庫化にあたり、一部を加筆・修正しました。

|著者| 内館牧子　1948年秋田市生まれ、東京育ち。武蔵野美術大学卒業後、13年半のOL生活を経て、1988年脚本家としてデビュー。テレビドラマの脚本に「ひらり」(1993年第1回橋田壽賀子賞)、「てやんでえッ!!」(1995年文化庁芸術作品賞)、「毛利元就」(1997年NHK大河ドラマ)、「塀の中の中学校」(2011年第51回モンテカルロテレビ祭テレビフィルム部門最優秀作品賞およびモナコ赤十字賞)、「小さな神たちの祭り」(2021年アジアテレビジョンアワード最優秀作品賞)など多数。1995年には日本作詩大賞(唄：小林旭／腕に虹だけ)に入賞するなど幅広く活躍し、著書に映画化された小説『終わった人』や『すぐ死ぬんだから』『老害の人』、エッセイ『別れてよかった』『牧子、還暦過ぎてチューボーに入る』ほか多数がある。東北大学相撲部総監督、元横綱審議委員。2003年に大相撲研究のため東北大学大学院入学、2006年修了。その後も研究を続けている。2019年旭日双光章受章。

今度生まれたら

内館牧子

2023年4月14日第1刷発行

発行者――鈴木章一
発行所――株式会社　講談社
東京都文京区音羽2-12-21　〒112-8001
電話　出版 (03) 5395-3510
　　　販売 (03) 5395-5817
　　　業務 (03) 5395-3615

Printed in Japan

講談社文庫
定価はカバーに
表示してあります

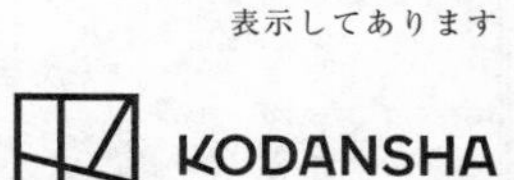

デザイン―菊地信義
本文データ制作―講談社デジタル製作
印刷―――大日本印刷株式会社
製本―――大日本印刷株式会社

ISBN978-4-06-531272-8

講談社文庫刊行の辞

二十一世紀の到来を目睫に望みながら、われわれはいま、人類史上かつて例を見ない巨大な転換期をむかえようとしている。

世界も、日本も、激動の予兆に対する期待とおののきを内に蔵して、未知の時代に歩み入ろうとしている。このときにあたり、創業の人野間清治の「ナショナル・エデュケイター」への志を現代に甦らせようと意図して、われわれはここに古今の文芸作品はいうまでもなく、ひろく人文・社会・自然の諸科学から東西の名著を網羅する、新しい綜合文庫の発刊を決意した。

激動の転換期はまた断絶の時代である。われわれは戦後二十五年間の出版文化のありかたへの深い反省をこめて、この断絶の時代にあえて人間的な持続を求めようとする。いたずらに浮薄な商業主義のあだ花を追い求めることなく、長期にわたって良書に生命をあたえようとつとめるところにしか、今後の出版文化の真の繁栄はあり得ないと信じるからである。

同時にわれわれはこの綜合文庫の刊行を通じて、人文・社会・自然の諸科学が、結局人間の学にほかならないことを立証しようと願っている。かつて知識とは、「汝自身を知る」ことにつきていた。現代社会の瑣末な情報の氾濫のなかから、力強い知識の源泉を掘り起し、技術文明のただなかに、生きた人間の姿を復活させること。それこそわれわれの切なる希求である。

われわれは権威に盲従せず、俗流に媚びることなく、渾然一体となって日本の「草の根」をかたちづくる若く新しい世代の人々に、心をこめてこの新しい綜合文庫をおくり届けたい。それは知識の泉であるとともに感受性のふるさとであり、もっとも有機的に組織され、社会に開かれた万人のための大学をめざしている。大方の支援と協力を衷心より切望してやまない。

一九七一年七月

野間省一